Bianca

DESPERTAR EN TUS BRAZOS

MICHELLE SMART

Editado por Harlequin Ibérica.
Una división de HarperCollins Ibérica, S.A.
Núñez de Balboa, 56
28001 Madrid

Despertar en tus brazos, n.º 2600 - 7.2.18
Título original: Once a Moretti Wife
Publicada originalmente por Mills & Boon®, Ltd., Londres.

I.S.B.N.: 978-84-9170-584-0
Depósito legal: M-33517-2017
Impresión en CPI (Barcelona)
Fecha impresion para Argentina: 6.8.18
Distribuidor exclusivo para España: LOGISTA
Distribuidores para México: CODIPLYRSA y Despacho Flores
Distribuidores para Argentina: Interior, DGP, S.A. Alvarado 2118.
Cap. Fed./Buenos Aires y Gran Buenos Aires, VACCARO HNOS.

Capítulo 1

¿CUÁNTO había bebido?

Anna Robson se llevó las manos a la cabeza, que le dolía como si la estuvieran golpeando con cien martillos por dentro.

Tenía un chichón. Lo palpó con cautela e hizo un gesto de dolor. ¿Se había dado un golpe?

Hizo un esfuerzo por recordar. Había salido a tomar una copa con Melissa... ¿o no había sido así?

Sí, lo había hecho. Había salido con su hermana a beber algo después de la clase de *spinning,* como solían hacer cada jueves por la tarde.

Al mirar el reloj que había en la mesilla de noche se llevó un sobresalto. La alarma de su móvil debería haber sonado hacía una hora. ¿Dónde lo había puesto?

Miró a su alrededor para ver si lo encontraba, pero se olvidó por completo del asunto al sentir unas repentinas náuseas. Tuvo el tiempo justo para llegar al baño antes de ponerse a vomitar.

Después permaneció sentada junto a la taza del baño como una muñeca de trapo. Trató de recordar la clase de alcohol que había consumido. Normalmente apenas bebía poco más de un vaso de vino blanco cuando salía, pero en aquellos momentos se sentía como si hubiera bebido varias botellas.

En aquel estado no podía ir a la oficina... Pero

entonces recordó que Stefano y ella tenían una reunión con el director de una joven compañía de tecnología que su jefe quería comprar. Como de costumbre, Stefano le había pedido que revisara a conciencia todos los informes que había sobre la compañía. Se fiaba de su criterio. Si coincidía con el suyo invertía sin dudarlo en la compañía. De lo contrario, se replanteaba su estrategia.

Pero no iba a quedarle más remedio que enviarle el informe por correo electrónico y explicar que estaba enferma.

Tras deambular como un fantasma por la casa en busca de su portátil y no encontrarlo, dedujo que se lo había dejado en la oficina. No le iba a quedar más remedio que llamar a Stefano para darle la contraseña y decirle que se ocupara él mismo de copiar el informe.

Lo único que tenía que hacer era buscar su teléfono. En la mesa de la cocina encontró un bonito bolso en la encimera. Junto a este había un sobre dirigido a ella.

Parpadeó para mantener la mirada centrada mientras abría el sobre. Leyó la carta que había en su interior, pero no logró encontrarle ningún sentido. Era de Melissa y le pedía perdón por haberse ido a Australia. Prometía llamarle en cuanto llegara.

¿Australia? Debía de tratarse de una broma, aunque el hecho de que su hermana dijera que iba a visitar a la madre que las había abandonado una década antes no tenía nada de gracia. Melissa también añadía que había echado arena en el escalón de la puerta principal para que no volviera a resbalarse en el hielo, y le pedía que acudiera al médico sin falta si la cabeza seguía doliéndole donde se había golpeado.

Anna se llevó instintivamente la mano al chichón que tenía en la cabeza. No recordaba haberse resbalado, ni que hubiera habido hielo en el escalón.

Pero la cabeza le dolía demasiado como para comprender nada, de manera que dejó la carta a un lado y echó un vistazo al interior del bolso. El monedero que llevaba utilizando casi una década estaba en el interior. Se lo había regalado su padre poco antes de morir. ¿Habría hecho un intercambio de bolsos con Melissa? No habría sido nada raro, porque siempre solían intercambiarse las cosas. Lo que sí resultaba raro era que no lo recordara. Pero debían de haberlo hecho, porque en el fondo del bolso también encontró su móvil.

Lo sacó y vio que tenía cinco llamadas perdidas. Se esforzó por enfocar la mirada mientras marcaba el pin.

Pin equivocado. Lo intentó de nuevo. *Pin equivocado.*

Volvió a meter el teléfono en el bolso con un suspiro. Ya le estaba costando bastante esfuerzo mantenerse en pie como para encima tener que esforzarse en recordar el número. En momentos como aquel se arrepentía de haber prescindido definitivamente del teléfono fijo.

No le iba a quedar más remedio que acudir a la oficina, explicar que se estaba muriendo y regresar a casa.

Antes de vestirse se tomó un analgésico, rogando para que su estómago lo retuviera. Luego volvió al dormitorio y se sentó en el borde de la cama. Cuando volvió la mirada hacia la silla en la que solía dejar preparada la ropa que iba a ponerse al día siguiente se sorprendió al ver el vestido que había en ella. ¿De dónde habría salido? Melissa debía de haber vuelto a hacerse un lío con sus ropas. Careciendo de la energía necesaria para empezar a buscar otro, decidió ponérselo. Era un sencillo vestido negro de manga larga cuya falda le llegaba por encima de la rodilla, pero le costó un buen rato ponérselo.

No se sentía con fuerzas ni para maquillarse, de manera que se limitó a pasarse un cepillo por el pelo antes de salir.

En el porche de la entrada encontró un par de botas negras de gruesas suelas que no había visto antes. Segura de que a Melissa no le importaría que las utilizara, se las puso.

Después cerró la puerta de la casa y bajó cuidadosamente los escalones. Afortunadamente solo tardó un momento en encontrar un taxi. Unos minutos después, este se detenía ante el edificio acristalado situado en el centro de Londres desde el que Stefano dirigía sus negocios. Mientras esperaba en la acera de enfrente a que el semáforo se pusiera en rojo vio que un elegante Mercedes negro se detenía ante el edificio. El portero acudió rápidamente a abrir y Stefano salió del coche.

El semáforo se puso en rojo y Anna cruzó como una autómata sin apartar la mirada de Stefano.

Una mujer alta y rubia salió del coche tras él. Anna no la reconoció, pero había algo familiar en su rostro, algo que le hizo sentirse como si le estuvieran clavando un clavo en el estómago.

Esforzándose por contener las náuseas, entró en el edificio, pasó el bolso por el escáner, esperó a que se lo devolvieran y luego prácticamente tuvo que ir corriendo al baño, donde vomitó en el primer cubículo que encontró abierto.

Un frío y desagradable sudor mojó su piel y supo que había cometido un error acudiendo a la oficina. Jamás se había sentido tan mal.

Tras lavarse las manos y el rostro se miró en el espejo. Tenía un aspecto terrible. Estaba intensamente pálida y su melena negra parecía de estropajo. Se quedó momentáneamente sorprendida al ver la longitud de su pelo. ¿Acaso le habría crecido durante la noche?

Salió del baño y se encaminó hacia los ascensores. Notó que el hombre y la mujer con quienes coincidió subiendo, cuyos rostros reconoció vagamente, interrumpieron su conversación y la miraron con curiosidad. ¿Tan mal aspecto tendría? Salir en la planta número trece supuso un alivio.

Frente al despacho que Anna compartía con Stefano siempre había un montón de secretarias y administrativos. Todos volvieron la cabeza para mirarla cuando salió del ascensor. Un par de ellos incluso se quedaron boquiabiertos.

¿Por qué tenían que mostrar de forma tan evidente que tenía un aspecto horroroso? A pesar de todo, Anna tuvo ánimo suficiente para sonreír. Nadie le devolvió la sonrisa.

Miró a su alrededor en busca de Chloe, su nueva secretaria, que se ponía a temblar cada vez que Stefano aparecía. La pobre no iba a alegrarse precisamente al enterarse de que iba a tener que sustituirla aquel día.

Anna no había querido una secretaria. ¡Ella era la secretaria! Pero Stefano la había cargado con tal cantidad de obligaciones que al final no le quedó más remedio que aceptar.

–¿Y voy a tener un nuevo título profesional? –preguntó con descaro cuando finalmente asumió que iba a tener secretaria, y Stefano la recompensó con una promoción a secretaria ejecutiva y una generosa subida de sueldo.

Pero Chloe no estaba a la vista. Tal vez se había escondido en algún rincón a la espera de que llegara. Pero Anna estaba segura de que acabaría acostumbrándose a Stefano con el tiempo, como solía sucederle a la mayoría de los empleados. Stefano inspiraba en los demás terror y admiración en igual medida.

Cuando se volvió tras cerrar la puerta del despacho se detuvo en seco. Por un instante olvidó por completo su dolor de cabeza y sus náuseas.

Cuando Stefano le ofreció aquel trabajo y le explicó que implicaba compartir con él aquel despacho, ella aceptó con la condición de que le dejara decorar su lado de color verde ciruela. Su primer día de trabajo no pudo evitar reír como una tonta al entrar en el despacho y comprobar que la mitad estaba pintada de un tono crema claro y la otra de color verde ciruela.

Pero aquel día la oficina estaba completamente pintada de color crema.

Acababa de situarse tras su escritorio cuando la puerta se abrió y Stefano apareció en el umbral, tan oscuro y amenazador como siempre.

Pero antes de que Anna tuviera tiempo de preguntarle si había tenido un ejército de decoradores trabajando durante la noche, Stefano cerró de un portazo, se cruzó de brazos y la miró con el ceño fruncido.

–¿Qué haces aquí?

–Tú también no, por favor –murmuró Anna–. Creo que ayer me caí. Sé que tengo un aspecto horrible, ¿pero te importaría simular que parezco la supermodelo de siempre?

Aquello se había convertido en una vieja broma entre ellos. Cada vez que Stefano trataba de camelarla para que saliera con él, Anna hacía algún comentario cortante, normalmente seguido del recordatorio de que las mujeres con las que solía salir eran siempre fabulosas supermodelos y ella sin embargo apenas medía más de un metro sesenta.

–Te romperías el cuello si trataras de besarme –le había dicho en una ocasión.

–¿Quieres que lo averigüemos? –replicó de inmediato Stefano.

Anna no se atrevió a volver a mencionar la palabra besar delante de él. Ya tenía bastante con su imaginación, a la que sucumbió en cierta ocasión, lo que la obligó a pasar una semana simulando que no sentía palpitaciones cada vez que tenía a Stefano cerca.

Era imposible negarlo. Su jefe estaba como un tren, algo que incluso en el estado en que se encontraba no podía dejar de notar. No había ni uno solo de sus rasgos físicos que no le hiciera sentir que se derretía. Medía al menos veinticinco centímetros más que ella, tenía el pelo tan oscuro que parecía negro, una firme nariz romana, unos generosos labios y una marcada mandíbula cubierta a medias por una incipiente barba. Sus ojos eran de un color verde que podía pasar del oscuro al claro en un instante. Anna había aprendido a interpretar sus miradas, que solían corresponderse exactamente con el humor del que estaba. Y aquella mañana parecían más oscuros que nunca.

Pero Anna no se encontraba en el mejor momento para tratar de deducir qué significaría aquella mirada. El analgésico apenas le había hecho efecto y las sienes le palpitaban de dolor. Se apoyó un momento en el borde del escritorio antes de sentarse y notó de inmediato algo extraño. Su mesa estaba hecha un caos, y ella siempre solía tenerla perfectamente ordenada. Aquello era una locura. Y además...

–¿Qué hacen esas fotos de gatos en mi escritorio? –ella era una persona de perros, no de gatos. Los perros eran leales. Los perros no te abandonaban.

–El escritorio de Chloe, querrás decir –replicó Stefano con severidad.

Anna ladeó la cabeza y suspiró.

–No te burles de mí –rogó–. Solo he llegado veinte minutos tarde, y tengo la cabeza...

–No puedo creer que hayas tenido el valor de presentarte aquí de esta manera –interrumpió Stefano.

–Sé que no estoy bien –reconoció Anna–. De hecho me siento como una especie de muerto viviente, pero me dejé aquí el ordenador y tenía que entregarte el informe. Me temo que Chloe va a tener que sustituirme en la reunión.

Stefano esbozó una despectiva sonrisa.

–¿Se trata de una nueva táctica?

Anna no entendía qué estaba pasando. Una de las ventajas de trabajar con Stefano era que este siempre decía sin rodeos lo que pensaba, aunque siempre con su marcado acento italiano

–Menos mal que aprendí inglés solo –solía decir con desdén a sus empleados–. Si lo hubiera aprendido de vosotros solo sabría hablar de paparruchadas autoindulgentes.

Anna siempre sonreía cuando le oía decir aquello. Fue ella la que le enseñó las palabras «paparruchadas autoindulgentes» la primera semana que trabajó para él. Y su fuerte acento italiano hacía que sonaran aún más divertidas. Desde entonces le había enseñado un montón de insultos y palabrotas, la mayoría de las cuales fueron inicialmente dirigidas a él.

Lo que hacía que aquella situación resultara aún más confusa.

–¿De qué estás hablando?

Stefano dio un paso hacia ella.

–¿Ha estado tomando últimamente clases de teatro, señora Goretti?

–¿Señora...? –Anna cerró un momento los ojos y movió la cabeza para tratar de despejarse, pero solo consiguió experimentar una punzada de dolor–. ¿Estoy en medio de una pesadilla o algo parecido?

Cuando abrió los ojos vio que Stefano estaba muy cerca de ella.

–Estás jugando muy bien al juego que sea. Dime cuáles son las reglas para saber qué hacer –aunque Stefano dijo aquello con aparente delicadeza, la amenaza que había tras sus palabras resultó inconfundible.

Anna abrió de par en par sus bonitos ojos color avellana. Stefano pensó que era evidente que había estado practicando aquella expresión de inocencia desde que la había visto por última vez, un mes atrás.

Ya había pasado todo un mes desde que lo había humillado ante su propia junta directiva y se había ido de su vida.

Apoyó las manos en el escritorio y se inclinó para mirar más de cerca a Anna. Su bellísimo rostro lo había cautivado desde el primer instante.

–No sé de qué estás hablando –dijo Anna mientras se ponía lentamente en pie–. Me voy a casa. Uno de los dos está confundido respecto a algo y no sé cuál de los dos es.

Stefano dejó escapar una risa totalmente carente de humor.

–Y tú también deberías irte a casa –añadió Anna, mirándolo como una persona que estuviera arrinconada por un perro peligroso–. Si no te conociera pensaría que estás bebido.

Stefano se preguntó por un momento si habría sido ella la que había bebido. Estaba arrastrando las palabras al hablar y parecía un poco inestable.

Pero, como siempre, sus tentadores y sensuales labios lo estaban tentando. Ella lo estaba tentando. Estaba jugando a un juego del que él desconocía las reglas. Pero no estaba dispuesto a volver a caer en sus trampas. Él escribía las reglas, no aquella bruja que trataba de hipnotizarlo con su atractivo.

Anna lo había planeado todo desde el principio. Había frenado sus avances durante dieciocho meses y había conseguido que se sintiera tan desesperado por poseerla que llegó a estar dispuesto a casarse con ella solo para poder meterla en su cama. Debía reconocer que el asunto había sido un poco más enrevesado, pero aquel era el meollo. Había llegado a creer que la conocía. Había llegado a creer que podía confiar en ella... él, Stefano Moretti, un hombre que había aprendido prácticamente desde niño que no podía fiarse de nadie.

Anna había logrado que se casase con ella para luego pedirle el divorcio por adulterio, humillarlo ante sus empleados y conseguir una buena tajada de su fortuna.

Aún no podía creer que hubiera sido tan estúpido como para dejarse camelar de aquella manera.

Cuando su abogado lo llamó para informarle de que su esposa iba a demandarlo por una fortuna, refrenó el impulso de correr a su casa para enfrentarse a ella. Pero se obligó a no hacerlo, algo que no le resultó fácil. No era la clase de hombre al que le gustara esperar para resolver los problemas; solía enfrentarse directamente e estos para resolverlos. Reaccionaba. Siempre lo había hecho. Aquella característica era la que le había metido en tantos problemas desde niño. Nunca supo cuando mantener la boca cerrada ni los puños quietos.

Pasó casi dos semanas negándose a reconocer los hechos. Faltaban diez días para cumplir un año de casados, momento en el que podrían divorciarse legalmente. Entonces, y solo entonces, averiguaría Anna lo que estaba dispuesto a darle, que era nada. Y estaba dispuesto a hacérselas pasar moradas antes de que lo averiguara.

Iba a hacerle pagar por todas sus mentiras y engaños. Solo se detendría cuando Anna hubiera pasado por la misma humillación a la que lo había sometido a él.

¿Cien millones de libras y varias propiedades por apenas un año de matrimonio? El descaro de Anna era increíble.

Pero, a pesar de todo lo que le había hecho, lo cierto era que su deseo por ella no había amainado en lo más mínimo. Anna seguía siendo la mujer más sexy del mundo. De una belleza clásica, tenía una larga melena de sedoso pelo castaño oscuro que enmarcaba a la perfección su rostro de altos pómulos, sus carnosos y sensuales labios, su cremosa piel. Debería haber sido tan narcisista como una estrella de cine, pero siempre había sido muy desdeñosa en lo referente a su aspecto. Aquello no significaba que no se esforzara en tener buen aspecto. De hecho, le encantaba la ropa, pero casi nunca hacía nada por realzar los atractivos que le había dado la naturaleza.

Anna Moretti, la mujer con el rostro y el cuerpo de una diosa y la lengua de una víbora. Lista, convincente, dulce y adorable; un enigma envuelto en una capa de misterio.

La despreciaba.

Echaba de menos tenerla en su cama.

Desde que había salido de prisión, varios años atrás, se había vuelto un experto en enmascarar la peor parte de su genio y en canalizarlo hacia otros aspectos de su vida, pero Anna lo afectaba como nadie lo había hecho nunca.

No era una mujer sumisa. Averiguó aquello en su primer encuentro. A pesar de todo, jamás habría imaginado que tendría la audacia de volver allí después de lo que había hecho.

–No estoy bebido –dijo a la vez que se inclinaba hacia ella y aspiraba su aroma–. Pero si tienes problemas de memoria, se me ocurre un método para ayudarte a refrescarla.

Anna abrió los ojos de par en par, alarmada. Pero Stefano no le dio la oportunidad de replicar. Deslizó una mano tras su cintura, la atrajo hacía sí y la besó.

Sonrió al notar lo rígida que estaba. Si Anna quería jugar debía comprender que era él quien ponía las reglas, no ella.

La húmeda calidez de sus labios, sus pechos presionados contra el suyo y su aroma hicieron que, como siempre, la sangre corriera ardiente por sus venas.

Pero, de pronto, Anna retiró el rostro a un lado y le dio una bofetada.

–¿Qué crees que estás haciendo? –preguntó evidentemente conmocionada a la vez que se frotaba los labios con la manga del vestido–. Eres... eres...

–¿Qué soy? –preguntó Stefano, que tuvo que esforzarse para controlar su tono.

Anna parpadeó y, cuando volvió a mirarlo, la furia había desaparecido de sus ojos. En su mirada había miedo y se había puesto intensamente pálida.

–Stef...

Anna se tambaleó y alargó las manos hacia él como si necesitara aferrarse a algo.

–¿Anna?

Cuando se desmoronó ante él, Stefano apenas tuvo tiempo de sujetarla antes de que cayera al suelo.

Capítulo 2

CUANDO Anna despertó en la habitación del hospital tenía la mente más despejada de lo que la había tenido el resto del día. El dolor de cabeza había desaparecido, pero el temor que experimentó fue aún peor.

No necesitó abrir los ojos para saber que estaba sola.

¿Se habría ido ya Stefano?

El recuerdo del beso afloró a su mente. Stefano la había besado. Había sido un beso provocador, casi brutal. La excitación que le había producido había sido la gota que había colmado el vaso de su resistencia física. Se había desmayado y Stefano la había sujetado.

Parecía creer que estaban casados. Y los empleados del hospital parecían pensar lo mismo.

Tragó para tratar de contener el pánico que se estaba adueñando de ella y se obligó a pensar.

A pesar de que sus recuerdos eran muy borrosos, sí recordaba que Stefano la había llevado al sofá a la vez que gritaba para que alguien pidiera una ambulancia. Había acudido al hospital con ella y había permanecido a su lado todo el tiempo mientras los médicos la interrogaban. Incluso había estado con ella mientras le hacían el escáner. De no haber sido por la oscura tensión que emanaba de él, Anna habría agradecido su presencia. Sobre todo porque Melissa no se había presentado.

¿Dónde estaba? No era posible que se hubiera ido a Australia. No lo habría hecho sin decírselo. Además, vivían juntas. ¿Cómo no iba a haberse enterado?

¿Qué estaba pasando?

Lo de su matrimonio con Stefano debía de ser una broma, sin duda, ¿pero desde cuándo la odiaba de aquel modo? Nunca se había comportado con ella de aquella manera tan agresiva.

La puerta se abrió y dio paso a la doctora que había estado un rato antes con ella. Stefano la siguió.

Anna sintió que los latidos de su corazón arreciaban mientras los miraba con cautela. Parecían dos conspiradores. ¿Habrían estado hablando de ella en privado?

–¿Qué me pasa? –preguntó.

La doctora le dedicó una sonrisa reconfortante.

–Sufre una conmoción a causa del golpe que se dio anoche.

–No recuerdo la caída. Mi hermana lo mencionaba en una carta, pero... ¿se han puesto ya en contacto con ella?

–Su vuelo aún no ha aterrizado.

–No puede estar volando.

–Está volando –dijo Stefano con firmeza. Había ocupado una de las sillas que había junto a la cama y parecía más relajado que antes, no exactamente feliz, pero sí satisfecho de sí mismo–. Melissa ha pedido un mes de baja para ir a Australia a celebrar el cincuenta cumpleaños de su madre.

–Eso no es posible. Si hubiera hecho algo así yo lo sabría.

–Al parecer lo sabía –intervino la médico–. El escáner que le hemos hecho no revela daños cerebrales, pero parece evidente que sufre un proceso de amnesia.

–¿Amnesia? –repitió Anna con cierto alivio–. ¿Así que no me estoy volviendo loca?

La doctora esbozó un amago de sonrisa.

–No, pero parece que ha olvidado prácticamente todo un año de su vida.

Anna suspiró. Podía asimilar lo de la amnesia, pero había pasado momentos aquel día en los que había creído que estaba enloqueciendo. Entonces recordó la insistencia de Stefano en que estaban casados.

–No me diga que es cierto que estoy casada con él...

La doctora pareció incómoda al responder.

–En nuestros archivos aparece como Anna Louis Moretti.

Se produjo un tenso silencio mientras aquella información penetraba en la frágil cabeza de Anna.

No sabía qué era peor, si el hecho de haberse enterado de que Melissa se había ido a Australia a ver a su madre, o de que estaba casada con Stefano. Le habría sido más fácil asimilar que se había descubierto vida en Júpiter.

Volvió la mirada hacia el hombre que decía ser su marido. Tenía sus largas piernas estiradas antes sí, se había quitado la corbata y llevaba el cuello de la camisa desabrochado. La estaba observando con una intensidad que le hizo experimentar un cálido estremecimiento. Aquella era la expresión que tenía siempre que estaba pensando intensamente, normalmente sobre alguna posible inversión.

Pero en aquellos momentos la estaba mirando a ella como si fuera una posible aventura de negocios que estuviera analizando. Estaba diseccionando en su mente algo que tenía que ver con ella.

–¿De verdad estamos casados? –preguntó.

Una lenta sonrisa distendió la concentrada expresión de Stefano.

–Sí.

–¿Y por qué iba a haberme casado contigo?

Stefano se inclinó hacia ella para hablarle junto al oído:

–Porque querías poseer mi cuerpo.

Anna tuvo que esforzarse para mantener la concentración.

–No es momento para bromas. Me respeto demasiado a mí misma como para haberme casado contigo.

Stefano volvió a apoyar la espalda contra el respaldo de la silla y abrió los brazos.

–No es ninguna broma. Estamos casados.

–No te creo.

–Puedo demostrártelo.

–No es posible.

Stefano sacó su móvil y pulsó algunas teclas. Tras unos momentos volvió a inclinarse hacia Anna para enseñarle la pantalla. Anna parpadeó mientras concentraba su mirada.

Era una foto en la que aparecían juntos en una playa. Stefano vestía unos pantalones color gris marengo y una camisa blanca de manga corta. Ella llevaba un traje de tul que tenía todo el aspecto de ser un vestido de novia, y sujetaba en una mano un ramo de flores. Ah, y se estaban besando.

El corazón empezó a latirle con tal fuerza que todo el cuerpo le vibró. Cuando se atrevió a mirar de nuevo a Stefano vio que este la observaba atentamente.

–¿Me drogaste, o algo así?

–Nos casamos el veinte de noviembre. Faltan diez días para nuestro primer aniversario.

–Eso es imposible –Anna trató de recordar, pero su mente no llegaba más allá de la clase de *spinning*.

–Nos casamos en Santa Cruz –explicó Stefano–. Fue algo muy... no sé que palabra utilizar, pero fue rápido.

–¿Espontáneo?

–Sí, esa es la palabra.

–Pero si estamos casados, ¿por qué he despertado esta mañana en mi propia cama en el piso que comparto con Melissa?

–Habíamos tenido una discusión.

–¿Sobre qué?

–Nada importante. Sueles pasar a menudo la noche en esa casa.

–¿Por qué te has enfadado tanto al verme en la oficina esta mañana? ¿Y por qué ha ocupado Chloe mi escritorio?

–Ya te lo he dicho. Habíamos discutido.

–¿Ya me estabas engañando? –preguntó Anna, medio en broma.

La mandíbula de Stefano se endureció un momento antes de que sus rasgos se relajaran con la sonrisa que siempre lograba hacer que Anna se derritiera.

–Jamás he engañado a una mujer en mi vida.

–Nunca has permanecido con una mujer el tiempo suficiente como para poder engañarla.

Stefano tenía tanta capacidad de atención como un pez. Le encantaba la caza, pero se aburría rápidamente y buscaba enseguida nuevas presas.

–Llevamos casados casi un año y nunca te he sido infiel –dijo con firmeza.

–Entonces, ¿cuál fue el motivo de la discusión?

–Tonterías de recién casados. Se suponía que no ibas a acudir a la oficina esta semana y Chloe ha estado trabajando en tu escritorio.

La imagen de la mujer rubia que había visto salir del coche de Stefano surgió en la mente de Anna.

–¿Quién era la rubia que te acompañaba esta mañana?

La médico carraspeó antes de que Stefano pudiera responder. Anna casi había olvidado que seguía allí.

–Comprendo que esto es difícil para usted –dijo la doctora–. Tiene un montón de huecos que rellenar en su memoria.

Anna asintió lentamente. Todo un año de recuerdos perdidos.

–¿Recuperaré la memoria?

–Las conmociones cerebrales son complejas. Hay métodos para ayudar a recuperar la memoria, pero no hay garantías. El principal especialista en amnesia del país vendrá mañana por la mañana a verla. Él le dará toda la información.

Anna cerró los ojos.

–¿Cuánto tiempo voy a tener que quedarme aquí?

–Queremos mantenerla en observación durante la noche. Si no surge ninguna complicación, podríamos darle el alta mañana. Necesitará unas semanas para recuperarse de la conmoción, pero su marido ya nos ha asegurado que se ocupará de todo.

–¿Stefano está al tanto de todo esto? ¿Ya lo ha hablado con él?

–Soy tu pariente más cercano –dijo Stefano.

–No. Mi pariente más cercano es Melissa –Melissa se convirtió en su única tutora legal cuando solo tenía dieciocho años y Anna catorce.

La doctora la miró con expresión preocupada.

–Entiendo que es una situación difícil, pero no puedo darle el alta a no ser que tenga garantías de que va a estar a cargo de alguien durante unos días. Aunque su marido sea en estos momentos su pariente más cercano, no tiene por qué irse con él. ¿Cuenta con alguien más?

Anna se esforzó en pensar, pero lo único que logró fue que la cabeza empezara a dolerle de nuevo. La única persona con la que contaba de verdad era con Melissa. Ambas tenían amigos, por supuesto, pero en realidad solo confiaban plenamente la una en la otra. Mantenían a sus amigos al margen de sus vidas, y no se le ocurría ninguno con quien pudiera contar en aquellas circunstancias.

Pero Melissa estaba volando en aquellos momentos al otro extremo del mundo para visitar a la mujer que las abandonó a cambio de una nueva vida en Australia con un hombre al que apenas conocía.

–Tienes que venir a casa conmigo –dijo Stefano con suavidad.

Anna cerró los ojos para tratar de no escuchar la hipnótica voz de Stefano.

La triste realidad era que no contaba con nadie más. Y si lo había, no lo recordaba.

–Lo único que recuerdo de ti es que eres mi jefe y la pesadilla de mi vida, no mi marido.

¿Fueron imaginaciones suyas o creyó percibir cierta satisfacción en la mirada de Stefano cuando escuchó aquello?

–Te ayudaré a recuperar tus recuerdos. No niego que nuestro matrimonio sea un tanto... tempestuoso, pero al margen de eso somos felices juntos –Stefano se levantó y flexionó los hombros antes de dedicarle su irresistible sonrisa–. Ahora necesito volver al trabajo para organizar las cosas de manera que pueda ocuparme de ti como un buen marido debería hacerlo. Volveré mañana por la mañana para coincidir con el especialista.

Se volvió hacia la doctora y le entregó una tarjeta.

–Llámeme si tiene cualquier duda –dijo, y a continuación se inclinó para besar brevemente los labios de Anna–. Trata de no preocuparte, *bellissima*. Eres la mujer más testaruda que conozco, y estoy seguro de que no vas a permitir que tus recuerdos se escapen. Te sentirás mejor en cuanto estés en casa.

Anna contempló en silencio cómo salía de la habitación. Hasta que recuperara sus recuerdos, o al menos hasta que pudiera hablar con Melissa, debía mantenerse en guardia. Algo le decía que no podía fiarse de Stefano.

Al día siguiente, Stefano cruzó el umbral de la puerta del hospital con paso animado. En momentos como aquel, cuando tenía algo que celebrar, echaba de menos un cigarrillo. Pero ya hacía diez años que había dejado aquel vicio.

Iba a llevar a su esposa a casa. La mujer que lo había utilizado, que lo había humillado y había tratado de chantajearlo, iba a volver a estar bajo su techo. Y tenía grandes planes para ella.

Pero aunque aquellos planes iban a tener que esperar a que se recuperara de su conmoción, pensaba disfrutar al máximo de su confinamiento. Anna odiaba que la mimaran y estuvieran pendientes de ella. Era incapaz de desconectar, y siempre estaba haciendo algo. Tener que descansar durante quince días supondría una auténtica pesadilla para ella, y él pensaba disfrutar siendo testigo de su suplicio.

Pero también iba a ocuparse de que estuviera bien cuidada y atendida. Era posible que la despreciara por lo que había hecho, para jamás permitiría que sufriera físicamente si podía evitarlo. Aún podía saborear el miedo que había experimentado el día anterior cuando se había desmayado ante él. Si no hubiera estado tan enfadado por su inesperada aparición un mes después de su marcha, habría prestado más atención al hecho de que tenía el aspecto de una muerta viviente.

Al parecer, el destino había decidido trabajar para él.

Anna no recordaba nada de lo que había sucedido entre ellos. Todo el año anterior había desaparecido de su mente. Podía contarle cualquier cosa sin preocuparse porque alguien pudiera darle otra versión. Juzgando por lo pálida que se había puesto cuando se había enterado de que Melissa se había ido a Australia, dudaba de que tuviera intención de ponerse en contacto con ella.

Lo único que debía hacer era ocultar la amargura que le había producido descubrir que lo había engañado para que se casara con ella.

Stefano había llamado a Melissa el día anterior, nada más llegar al hospital, consciente de que Anna querría ver a su hermana. Le habían puesto con su jefe y este le había explicado que Melissa estaba de baja y que llevaba meses planeando aquel viaje a Australia. Teniendo en cuenta que Anna no había mencionado nunca aquellos planes de su hermana, Stefano llegó a la conclusión de que Melissa había retrasado todo lo posible ponerle al tanto de los planes que tenía.

Encontró a Anna sola en su habitación, mirando una revista y con el mismo vestido negro que había llevado el día anterior. Lo recibió con una cautelosa sonrisa.

–¿Cómo te encuentras? –preguntó Stefano.

–Mejor.

–Tienes mejor aspecto –dijo Stefano mientras ocupaba una silla. Luego se inclinó hacia Anna y deslizó un dedo por su mejilla, lo que le produjo un ligero sobresalto–. Pero aún estás muy pálida.

Anna apartó el rostro y se encogió de hombros.

–He dormido, pero a saltos.

–Podrás descansar mejor cuando estemos en casa.

–No puedo creer que haya perdido los recuerdos de un año entero de mi vida –Anna alzó la revista que sostenía en la mano–. Mira la fecha de esta revista. Para mí el año está equivocado. No recuerdo haber cumplido veinticuatro años. Y aquí aparecen artículos sobre algunas celebridades de las que no he oído hablar nunca.

–Estoy seguro de que empezarás a recuperar la memoria. ¿Recuerdas algo sobre nuestro matrimonio?

–Nada. Lo último que recuerdo es que estabas saliendo con una tal Jasmin.

Jasmin era la mujer que había sufrido una intoxicación alimentaria justo una hora antes del vuelo que iban a tomar con Stefano para asistir a la entrega de premios de las Industrias Tecnológicas que iba a tener lugar en California. Aquello era lo que había dado la oportunidad a Stefano para coaccionar a Anna y convencerla para que lo acompañara en lugar de Jasmin. También había ayudado el precioso vestido de diseño que le ofreció para asistir a la ceremonia. La entrega de premios había terminado con Anna insistiendo en que solo mantendría relaciones sexuales con él si se casaban.

Stefano estaba seguro de que Anna acabaría recuperando aquellos recuerdos, pero entretanto...

–Enterarte de que estamos casados ha supuesto una auténtica conmoción para ti.

–Esa es una forma de describirlo –murmuró Anna–. Recuerdo que tenía muy claro que prefería tener una cita con un babuino a salir contigo. ¿Es cierto que nunca me has engañado?

Stefano se obligó a mantener un tono calmado cuando contestó.

–Nunca te he engañado. Tuvimos algunas discrepancias y encontronazos, pero estábamos tratando de resolverlos.

Unos meses atrás, Stefano había sido fotografiado cenando con una de sus nuevas directoras suecas, una escultural belleza rubia por la que no había experimentado la más mínima atracción. Anna había pasado por alto los artículos que aparecieron en la prensa al día siguiente, pero Stefano sabía que le había preocupado. Quince días después se había publicado una segunda foto en la que aparecía con una de sus empleadas en un restaurante en San Francisco, lo que no había hecho más que añadir leña al fuego. Stefano había defendido su inocencia alegando que en la cena había otra media docena de empleados con ellos. Anna había aceptado su explicación, al menos exteriormente, pero la desconfianza había hecho mella en ella y ya apenas fue capaz de ocultarla. Su actitud enfureció tanto a Stefano que no se molestó en explicare que socializaba más cuando viajaba sin ella porque así el tiempo pasaba más rápido.

Debería haberse dado cuenta entonces de que Anna quería atraparlo en un desliz tanto como la prensa. Quería pruebas de sus supuestas infidelidades.

–¿Qué clase de discrepancias? –preguntó Anna con suspicacia.

–Te resultaba difícil ser mi esposa porque no te gustan los medios de comunicación y sus manipulaciones. Ya habían corrido rumores de que nuestro matrimonio no iba bien. De creer a la prensa, ya habríamos roto al menos cien veces desde que nos casamos. Pero no eran más que paparruchadas. Nos casamos rápidamente. Es lógico que tuviéramos algunos problemas para adaptarnos.

Anna frunció la nariz.

–Cuando me viste ayer en tu oficina reaccionaste como si hubieras visto al Anticristo, o algo parecido. ¿Por qué me fui a pasar la noche en casa de Melissa? ¿Fue por la mujer con la que te vi ayer?

Incluso con amnesia seguía sospechando. Stefano ya le había dicho que no había ninguna otra, que no había habido ninguna otra mujer para él desde que habían estado en California y su relación había cambiado irrevocablemente.

–Esa mujer con la que me viste es mi hermana.

–Oh, lo siento –dijo Anna, avergonzada–. Vi que salía de tu coche y...

–Y asumiste que era una aventura.

Anna dedujo exactamente lo mismo cuando lo encontró con Christina en su apartamento. Por fin había encontrado la prueba que tanto había esperado desde que se casaron. Si se hubiera molestado en preguntar, Stefano le habría dicho la verdad, pero a Anna no le había importado la verdad. Lo único que buscaba era una evidencia de su infidelidad para sangrarlo y quedarse con todo lo que pudiera conseguir.

Stefano había planeado presentarse con su hermana en el juicio para que el juez interpretara la acusación de Anna como la trampa que era. Había deseado intensamente que llegara el momento de humillarla. Pero ahora tenía otra clase de humillación en mente. Si Anna recuperaba la memoria antes de que pudiera llevarla adelante, que así fuera. Pero pensaba disfrutar de aquello mientras durara.

–Lo siento –repitió Anna–. Creía que eras hijo único.

–Y yo también lo creía hasta hace poco. Te daré todos los detalles cuando estés menos cansada.

Casi al mismo tiempo que Stefano decía aquello, Anna fue incapaz de contener un bostezo. Luego tuvo que parpadear varias veces para mantener los ojos abiertos.

–Túmbate y descansa –dijo Stefano–. El especialista no tardará en llegar. Luego nos iremos a casa, donde podrás dormir todo lo que necesites.

A pesar de lo mucho que odiaba incluso el aire que respiraba, ver a Anna en aquel estado tan vulnerable y débil despertó en él un extraño sentimiento de protección. Le habría gustado abrazarla y acariciarle el pelo hasta que se quedara dormida. Prefería verla en plena forma, de manera que ambos estuvieran en igualdad de condiciones. Su amnesia era un arma que pensaba añadir a su arsenal y utilizar para su ventaja, pero no pensaba utilizarla plenamente hasta que Anna hubiera superado la peor parte de su conmoción.

Anna asintió y se tumbó en la cama en la posición fetal que siempre adoptaba para dormir. Tras unos minutos de silencio, y cuando Stefano empezaba a pensar que se había quedado dormida, dijo sin abrir los ojos.

–¿Cuál fue el motivo de la discusión que hizo que me marchara a pasar la noche en mi apartamento?

–No fue nada serio. Sigue siendo tu piso y sueles dormir allí a menudo. Ambos somos muy testarudos y no nos gusta admitir que estamos equivocados, pero siempre acabamos haciendo las paces.

–Si no fue tan serio, ¿por qué estabas tan enfadado ayer conmigo?

–Me dolió que me rechazaras. No sabía que tenías amnesia. Estaba muy preocupado, y cuando me preocupo parezco malhumorado. Siento haberme comportado de ese modo.

Anna abrió los ojos y lo miró con expresión irónicamente divertida.

–¿Una disculpa y una admisión de sentimientos dolidos? ¿Tú también te has dado un golpe en la cabeza?

Stefano rio y se inclinó para besarla en la mejilla. Ella frunció el ceño, lo que hizo que Stefano riera más.

Era como si la Anna que tenía a su lado hubiera vuelto a ser la de antes de que la palabra matrimonio hubiera sido mencionada entre ellos.

–Sé que no tienes recuerdos sobre nosotros, pero estoy seguro de que no tardarás en recuperarlos –dijo.

Pero esperaba que aquello no sucediera demasiado pronto. De lo contrario no podría llevar a cabo lo que tenía planeado.

Solo faltaban nueve días para su primer aniversario. Y para celebrarlo tenía planeada una sorpresa que Anna no olvidaría nunca, por mucha amnesia que tuviera.

Capítulo 3

ANNA se quedó boquiabierta cuando el conductor detuvo el coche. Siempre había sentido curiosidad por la casa de Stefano, situada en un complejo desde el que se divisaba el Támesis, considerado el más caro del mundo en el momento de su construcción. Y, cómo no, Stefano poseía el apartamento más caro del complejo: toda la planta de arriba.

Una repentina sensación de temor le hizo sujetar a Stefano por el brazo con una instintiva familiaridad que no recordaba haber utilizado antes.

–Podrías estar contándome cualquier cosa sobre nuestra relación, pero no sé si puedo fiarme de ti.

–¿Recuerdas que te mintiera alguna vez mientras trabajabas conmigo?

Anna permaneció un momento en silencio.

–No recuerdo haberte atrapado nunca en una mentira –concedió finalmente. En los dieciocho meses que había estado trabajando para Stefano su relación había sido totalmente franca, en ocasiones hasta el extremo de la brutalidad.

–En ese caso, confía en mí.

Anna asintió lentamente y bajó la mirada.

–¿Y cómo piensas ayudarme a recuperar los recuerdos de nuestra relación?

Stefano alargó una mano hacia ella y le acarició tiernamente la mejilla.

–Voy a ayudarte a encontrar de nuevo el placer del que disfrutabas en mi cama –murmuró roncamente–. Voy a enseñarte de nuevo a ser una mujer.

Anna experimentó una intensa vergüenza al escuchar aquello, y sintió que todo su cuerpo se ruborizaba.

«¿Voy a enseñarte de nuevo a ser una mujer?».

El significado de aquella frase estaba muy claro. Stefano sabía que era virgen.

Y aquello era algo de lo que Anna nunca hablaba con nadie. ¿Por qué iba a hacerlo? En los tiempos que corrían, encontrar una virgen de veintitrés años era algo tan difícil como encontrar un unicornio.

Y el hecho de que Stefano supiera la verdad solo podía significar que lo que decía era cierto.

Por mucho que le asombrara la idea, era cierto que se había casado con él.

Y si se había casado con él, debía de haberse acostado con él. Lo que significaba que había renunciado a todo el autocontrol al que se había sometido a lo largo de su vida.

Siempre se había enorgullecido de aquel control tras la marcha de su madre. Era posible que los acontecimientos de la vida estuvieran al margen de su poder, pero su propio comportamiento era algo que podía controlar con una voluntad de hierro. Recordó todas las fiestas a las que asistió en su adolescencia en las que tan solo probó algún zumo mientras los demás consumían alcohol y otras sustancias ilícitas, fiestas en las que muchas parejas acababan buscando algún rincón en el que retozar. Pero aquel autocontrol era lo único que le había quedado a Anna después de la muerte de su padre, seguida pocos meses después de la marcha de su madre a Australia para casarse con otro hombre.

Se ruborizó intensamente al imaginar a Stefano tumbado sobre ella...

Cuando alzó la mirada vio que la estaba contemplando como si quisiera devorarla de un solo bocado.

–Vamos dentro –dijo Stefano a la vez que retiraba su mano de la mejilla de Anna–. Tienes que descansar. Debes de estar agotada.

Anna respiró profunda y temblorosamente y asintió. Por una vez en su vida, no supo qué decir.

Había compartido la cama de Stefano.

Tratando desesperadamente de no mostrarse afectada, no tuvo más remedio que permitir que Stefano la ayudara a cruzar el enorme vestíbulo del edificio hasta el ascensor que los llevó a la planta superior.

Siempre había sido físicamente consciente de Stefano, pero aquella conciencia se multiplicó al sentir su cálido brazo rodeándola por los hombros.

Dada la familiaridad con la que la trataba Stefano, la confianza con la que la tocaba y su flirteo, estaba claro que la barrera que había alzado entre ellos y que tanto se había esforzado en mantener había caído en algún momento hecha añicos.

Cuando entraron en la sala de estar de la casa agradeció poder sentarse un momento en el sofá. La sala era muy espaciosa, con unos ventanales tan grandes y unas vistas tan increíbles del Támesis y del puente de Westminster que Anna apenas pudo creer que hubiera olvidado todo aquello.

Había vivido allí durante casi un año y sin embargo era como si fuera la primera que hubiera estado allí.

Miró a su alrededor en busca de alguna persona más.

–¿No tienes servicio?

–No. El servicio de conserjería se ocupa del mantenimiento de la casa y les pago un buen dinero por ello.

Cuando hizo su fortuna Stefano tuvo durante un tiempo mayordomo, cocinero, limpiadoras... la lista era muy larga. Pero no tardó en cansarse de todo aquello. Había cuidado de sí mismo desde que tenía quince años y no necesitaba a nadie para vestirse o prepararse el baño. No necesitaba sentirse adulado ni lisonjeado, ni tampoco impresionar a los demás con demostraciones de su poder económico. Aquel fue el motivo por el que decidió emplear a Anna como su secretaria personal. Cuando se conocieron no se mostró ni intimidada ni mínimamente afectada por él, una reacción a la que Stefano no estaba acostumbrado desde hacía años. Incluso fue capaz de mirarlo con cierto desdén.

Recordó el día en que la conoció. Había acudido a las oficinas de Levon Brothers, un negocio que tenía intención de comprar, y encontró a Anna tras un escritorio en la antesala del despacho principal. Al pasar junto a ella le entregó su abrigo sin decir nada y escuchó un sarcástico «De nada» a sus espaldas cuando estaba a punto de entrar en el despacho. Cuando se volvió vio una expresión retadora en el rostro de la secretaria.

–¿Qué ha dicho? –preguntó.

–He dicho que «de nada». No pretendía decirlo en

alto, porque estoy segura de que me ha dado las gracias mentalmente, pero se me ha escapado.

Aquello supuso un importante recordatorio para Stefano de la importancia de los modales, algo que no se había atrevido a recordarle nunca nadie hasta entonces.

Se llevó una mano al pecho, hizo una burlona inclinación y dijo:

–Gracias.

Ella asintió remilgadamente y se encaminó hacia un perchero para colgar el abrigo. Más pequeña que las mujeres que solían llamar habitualmente la atención de Stefano, tenía una figura exquisita y perfectamente proporcionada.

–¿Puedo atreverme a preguntar si prepara café? –preguntó, fascinado por ella.

–Puede preguntarlo, pero ya sabe que las negativas a veces ofenden.

Stefano entró en el despacho riendo a carcajadas.

Una hora más tarde, después de que Anna tuviera que acudir en seis ocasiones a la sala para explicar lo que los memos que dirigían la compañía eran incapaces de explicar, Stefano supo que iba a comprar la empresa con su secretaria incluida. Por lo visto, Anna era el verdadero cerebro tras los negocios de Levon Brothers. Contar con ella supondría un fortalecimiento de las empresas Moretti.

Y aquella resultó ser una de las mejores decisiones que había tomado en su vida. Acabó por fiarse por completo del criterio de Anna. Incluso llegó a creer que con ella lo que veías era lo que había... hasta que comprendió que lo que en realidad había hecho desde el primer instante había sido ir a por su dinero.

Pero en aquellos momentos la actitud bravucona que siempre solía haber en la mirada de Anna brillaba por su ausencia.

–¿Vivimos tú y yo solos aquí?

–Nos gusta nuestra intimidad –dijo Stefano con un estudiado encogimiento de hombros–. Podemos andar desnudos por la casa sin temer asustar a nadie.

A pesar del rubor que cubrió sus mejillas, Anna logró alzar una ceja con gesto irónico.

–Te aseguro que no tengo intención de andar desnuda por ningún sitio que no esté a varios kilómetros de ti.

Stefano se inclinó hacia ella y susurró:

–Te aseguro que cuando te sientas mejor lo último que querrás será ponerte la ropa. Puedes creerlo o no, pero lo cierto es que solemos pasar mucho tiempo juntos y desnudos.

–Si no lo recuerdo, no sucedió.

Stefano sí recordaba lo sucedido el día que se casaron. No supo que Anna era virgen hasta que ella se lo confesó cuando entraron en la suite nupcial, poco rato después de haberse casado. Se lo dijo en el mismo tono desafiante que acababa de utilizar, pero Stefano captó en su mirada algo que no había visto nunca antes: temor. Y aquello supuso una conmoción mayor que la declaración de su virginidad.

Aquella noche le hizo el amor tan despacio, con tanta ternura, que cuando Anna alcanzó el orgasmo se sintió como el hombre que había conquistado por primera vez el monte Everest. Aquella noche fue muy especial. Única. Preciosa. Y solo fue el comienzo.

Cuando Anna descubrió las felicidades del sexo

se convirtió en una mujer renacida, capaz de dar rienda suelta a sus deseos.

Tomó una de sus manos y se la llevó a los labios para besarla en los nudillos.

–¿Puedes caminar hasta el dormitorio o prefieres que te lleve en brazos?

–Puedo caminar –replicó Anna con toda la dignidad que pudo.

A pesar de todo permitió que Stefano la ayudara a levantarse y la condujera tomada del brazo hasta la puerta de una habitación. Cuando Stefano la abrió, Anna no pudo evitar mostrar su sorpresa. La habitación estaba decorada en unos elegantes tonos pastel y su centro estaba dominado por una enorme cama.

–Elegimos juntos la decoración –dijo él–. Tú elegiste la cama.

–¿En serio? –preguntó Anna con voz repentinamente ronca.

–Totalmente en serio. Y cuando estés mejor te prometo que disfrutarás de ella tanto como solías hacerlo. Pero todo eso puede esperar. El médico ha dicho que lo único que debes hacer durante los próximos días es descansar. Yo he prometido cuidarte y ya sabes que soy un hombre que cumple su palabra.

Él siempre mantenía su palabra. Desde su punto de vista, aquello era lo que diferenciaba a los humanos de los animales. Cuando se casó con Anna prometió serle fiel. Prometió que si algún día sentía el impulso de engañarla se lo diría antes de actuar y cada uno seguiría por su camino.

Ella también le dio su palabra. Le prometió que confiaría en él. Pero su promesa había sido falsa, al igual que sus intenciones. Su matrimonio se había basado en mentiras. Anna había pretendido hacerse con una importante parte de su fortuna nada más separarse.

Era una interesada, una mentirosa que lo había dejado en ridículo, y pagaría por ello.

Pero, por interesada y mentirosa que fuera su esposa, era evidente que en aquellos momentos no estaba para juegos. Anna se sentó en el borde de la cama y parpadeó para poder mantener los ojos abiertos. Stefano se acuclilló ante ella para quitarle las botas y luego la ayudó a meterse bajo las sábanas. Anna se quedó dormida antes de que las persianas automáticas hubieran bajado por completo.

Stefano sintió que el estómago se le encogía al fijarse en la palidez de su rostro, en sus oscuras ojeras. Luchó contra el instinto de inclinarse a besarla en la mejilla.

Un instante después salió del dormitorio. No había lugar para la compasión en su relación. La amnesia de Anna y su estado de vulnerabilidad no cambiaba lo que había hecho. Nada podía cambiar aquello.

Su conmoción no tardaría en pasar y volvería a recuperar la forma física.

Entonces podrían empezar los juegos que tenía planeados.

Lo primero que notó Anna al despertarse fue que había alguien en la cama junto a ella.

No «alguien». Stefano.

¿Cuándo se habría metido en la cama? ¿Y estaría vestido o desnudo?

Lo único que Anna podía escuchar era el rítmico sonido de su pausada respiración y los ensordecedores latidos de su propio corazón.

Estar con él en una situación tan íntima era la sensación más extraña que recordaba haber experimentado en su vida, sobre todo teniendo en cuenta que se había pasado dieciocho meses empeñada en que su relación se mantuviera en un terreno meramente profesional. Desde que trabajaba con Stefano había pasado más tiempo con él que con ninguna otra persona. Habían viajado juntos por todo el mundo, habían compartido comidas, alguna bebida ocasional, se habían metido el uno con el otro, se habían reído el uno del otro, incluso se habían tirado cosas... Pero Anna jamás le había permitido cruzar el umbral de su vida privada, y se había negado firmemente a cruzar el de él. Nunca habían estado a solas como lo estaban en aquellos momentos.

Sin embargo, allí estaba, casada con él y totalmente consciente de que durante su matrimonio habían hecho bastante más que limitarse a compartir la cama.

Stefano despertó con una erección casi dolorosamente obvia. En su vida previa habría tomado a Anna en sus brazos y le habría hecho el amor. Pero las circunstancias habían cambiado, de manera que, para no dejarse llevar por sus instintos, se levantó y fue a tomar una ducha.

Mientras se enjabonaba se dio cuenta de que aquella era la primera vez en un mes que despertaba con aquella clase de deseo.

El celibato no era un estado deseable, y solo podía llegar a la conclusión de que era su odio por Anna lo que le había impedido buscarse otra mujer durante todo aquel mes. Ni siquiera había pensado en la posibilidad de meter a otra mujer en su cama; no era de extrañar que hubiera reaccionado tan visceralmente por el mero hecho de haber tenido a Anna a su lado.

Pero aún no pensaba dejarse llevar por sus deseos. Aún debía esperar para seducir a su esposa.

Anna estaba despierta y sentada en la cama cuando Stefano volvió al dormitorio con tan solo una toalla en torno a la cintura. Notó cómo abrió los ojos de par en par mientras contemplaba su torso desnudo.

–¿Te sientes mejor?

Anna asintió y tiró de las mantas para cubrirse. Que aún tuviera puesto el vestido que llevaba hacía dos días solo hizo que su vergüenza resultara más divertida.

–¿Quieres que te traiga algo? ¿Una taza de té? –preguntó mientras entraba en el vestidor.

Anna era adicta al té. Recordaba que en una ocasión le había contabilizado nueve tazas en un día.

–Un té estaría bien –murmuró ella.

–¿Analgésicos? ¿Algo de comer?

–Solo analgésicos, por favor.

Tras ponerse rápidamente unos vaqueros y una camiseta negra, Stefano fue a la cocina, donde aún estaban la tetera y las bolsas de té que solía consumir Anna. Buscó instintivamente el tazón que solía utilizar para tomar el té, tan grande que casi parecía un cubo pequeño, y sintió un arrebato de furia contra sí mismo.

Debería haberse librado de todas las posesiones de Anna en lugar de conservarlas como un constante recordatorio. Solo había cedido a la furia una vez desde que lo había dejado, en su apartamento de San Francisco, y se había despreciado a sí mismo por aquella momentánea debilidad. Desde entonces su furia solo había sido interior, y la amnesia de Anna le había dado la oportunidad de canalizar su rabia de un modo mucho más satisfactorio que haciendo una hoguera con sus posesiones.

Cuando volvió con el té y lo dejó en la mesilla de noche de Anna, ya tenía totalmente bajo control su rabia.

–Te he pedido un desayuno ligero –dijo mientras le alcanzaba los analgésicos.

–No tengo hambre.

–Necesitas comer algo.

Cuando Anna alargó una mano para tomar los analgésicos hizo una mueca de extrañeza.

–¿Por qué no llevamos anillos de casados?

–Tú no quisiste. Dijiste que te hacía sentir como una posesión.

–¿Y no te importó?

–Llegamos a un acuerdo. Aceptaste usar mi apellido a cambio de no llevar anillo.

–Me sorprende que no fuera precisamente al revés –murmuró Anna.

Stefano sonrió.

–Querías ser una Moretti para que cuando tuviéramos hijos todos lleváramos el mismo apellido.

–¿Queremos tener hijos? –preguntó Anna, conmocionada.

Stefano se encogió de hombros y luego le dedicó una de sus demoledoras sonrisas.

–En algún momento. Cuando estemos listos. Hasta entonces hemos disfrutado mucho practicando cómo hacerlos.

Algo asomó de pronto a la memoria de Anna, haciendo que se le encogiera el corazón. Trató de capturar lo que estaba sintiendo, pero, fuera lo que fuese, se escapó de entre sus dedos como agua.

–¿Qué sucede? –preguntó Stefano con el ceño fruncido.

–No lo sé –Anna se encogió de hombros y movió la cabeza–. Más que un recuerdo era una sensación.

–¿Buena o mala?

–Dolorosa –aquella fue la única palabra que se le ocurrió a Anna para definir lo que había experimentado. Siempre había querido tener hijos, pero aquel deseo era algo que había mantenido oculto en el fondo de su mente, algo que «algún día» conseguiría.

Pero lo cierto era que hasta entonces siempre había evitado las relaciones que le hubieran podido llevar a aquella conclusión. Si su propia madre no la había querido lo suficiente como para quedarse, ¿cómo iba a poder fiarse de que algún hombre quisiera hacerlo?

¿Cuándo había decidido que podía fiarse de Stefano?

Se sintió atraída por él desde el mismo instante en que lo conoció, ¿pero a qué mujer no le habría pasado lo mismo? Le pareció tan atractivo, tan interesante y misterioso, que se lo pensó mucho antes de aceptar su oferta de trabajo. Él creyó que se estaba haciendo la dura para obtener más dinero y prácticamente le dobló el sueldo. Al final, las ventajas que le supondrían aceptar el trabajo superaron a los posibles inconvenientes. Y nunca había lamentado su decisión. Le gustaba trabajar con Stefano incluso cuando más presionados estaban por algún proyecto y se veía obligada a quedarse hasta tarde en el despacho aguantando su genio y sus gritos. Y también aprendió a vivir controlando con mano férrea la atracción que sentía por él.

Que Stefano supiera con exactitud hasta qué punto lo deseaba era algo que se había jurado que nunca llegaría a suceder. ¿Cómo era posible que hubiera bajado las defensas hasta el punto de aceptar casarse con él y estar dispuesta a tener sus hijos?

El inesperado sonido de un timbre sobresaltó a Anna.

–Debe de ser nuestro desayuno –dijo Stefano.

–Qué rápido.

–Pago una buena cantidad por el servicio –comentó Stefano mientras se encaminaba hacia la puerta–. Tienes que ponerte fuerte, *bellissima*. Necesito que estés en forma para volar dentro de unos días.

–¿Por qué? ¿Adónde vamos?

–A California. La semana que viene es la entrega de Premios de la Industria, y además será nuestro primer aniversario. ¿Dónde podríamos celebrarlo mejor que donde todo empezó?

Stefano esperó a escuchar el sonido de la ducha para marcar un número de teléfono en su móvil.

Anna había pasado su segundo día en el apartamento durmiendo y al despertar había dicho que necesitaba una ducha. Su salud estaba mejorando a ojos vista.

–Miranda, soy Stefano. ¿Te gustaría conseguir la primicia del año?

Capítulo 4

ANNA volvió a despertarse la segunda noche en medio de la oscuridad. Estaba medio destapada y tenía frío. Stefano había tirado del edredón y prácticamente lo tenía todo en su lado, bajo su cuerpo.

Contuvo la respiración y volvió la mirada hacia Stefano, que dormía profundamente. Como la noche anterior, fue incapaz de apartar la mirada de él. El instinto de alargar la mano para acariciar su poderosa espalda resultó casi abrumador.

–Stefano –susurró. Al no obtener respuesta repitió su nombre más alto.

Tampoco hubo respuesta.

Iba a tener que tocarlo.

Respiró profundamente y lo tocó tímidamente en la espalda.

–Despierta. Me has quitado el edredón.

Fue inútil. Tras intentarlo un par de veces más con un mínimo de contacto, se sentó en la cama, contuvo el aliento y lo zarandeó por el hombro.

Aquello fue más efectivo.

Stefano se volvió hacia ella.

–¿Qué sucede? ¿Te encuentras mal?

–Te has quedado con todo el edredón y tengo frío –dijo Anna sin mirarlo.

–Oh, lo siento –Stefano retiró el edredón de debajo de su cuerpo y volvió a tumbarse a escasos centímetros de Anna–. Hace tiempo que decidimos que tú eres una nevera y yo una calefacción.

Anna tragó con esfuerzo.

–Normalmente duermo con calcetines.

Los calcetines en la cama eran lo menos sexy del mundo, y Anna estaba dispuesta a aferrarse a cualquier cosa que le impidiera pensar en el sexo.

Stefano rio con suavidad, como si supiera lo que estaba pensando.

–Ya no los utilizas. Solemos dormir completamente desnudos. Yo te mantengo caliente.

Anna tuvo repentinas dificultades para respirar con normalidad. A pesar de sí misma, volvió la mirada hacia Stefano. Una llama pareció prender en su interior al hacerlo, haciéndole sentir que se derretía. Que el cielo la ayudara, pero quería sentir el roce de su piel, quería sentir sus labios en ella...

Como si hubiera leído sus pensamientos, Stefano se inclinó hacia ella y la besó con delicadeza. Luego se apartó para tumbarse dándole la espalda.

–Vuelve a dormir, *bellissima*.

Anna estuvo a punto de gritar. Apretó los labios y los puños mientras esperaba a que los latidos de su corazón amainaran.

Si no hubieran estado casados habría estado planeando una manera de huir de aquella peligrosa situación. Sin embargo, sabía que, en algún momento del pasado, Stefano había logrado hacerle bajar la guardia. Y ella se había comportado siguiendo los dictados de su deseo.

Y ahora, a pesar de sí misma, quería volver a hacerlo.

Anna logró volver a quedarse dormida un rato después, pero no tardó en despertar de nuevo. Stefano seguía dormido a su lado como un tronco.

Cuando dieron las seis decidió levantarse.

Físicamente se sentía mucho mejor. Casi normal. Y aunque notaba la cabeza un poco acorchada, ya no le dolía tanto.

Se encaminó de puntillas al vestidor y cerró rápidamente la puerta para que la luz no molestara a Stefano. Era la primera vez que entraba allí.

Al mirar a su alrededor volvió a experimentar un momento surrealista. Las dos paredes más largas del vestidor tenían unos armarios blancos que iban del suelo al techo y contra la pared del fondo había un tocador con un gran espejo y una elegante y cómoda silla.

Abrió el armario más cercano, que estaba lleno de pantalones. En el siguiente había un montón de tops. Mientras acariciaba la carísima seda de una camisa verde y negra que llamó su atención, una imagen surgió en su mente. Era ella misma vestida con aquella camisa mirándose en el espejo.

Era el primer recuerdo concreto que rescataba del año que se había esfumado de su mente tres días atrás.

Al despertar, Stefano se encontró solo en la cama. Se puso rápidamente la bata y salió en busca de

Anna. La encontró en la cocina, buscando algo en un cajón, vestida con su camisa verde y negra favorita y unos ceñidos pantalones gris marengo. Llevaba el pelo recogido en una cola de caballo y calzaba unas zapatillas de pato que él le había regalado por su cumpleaños.

–Me alegra verte levantada –dijo a la vez que la rodeaba con un brazo por la cintura y se inclinaba para besarla en el cuello.

Darle la espalda aquella madrugada había supuesto un verdadero esfuerzo, aunque también necesario. Había captado el deseo en la mirada de Anna y había sido consciente de que tan solo habría necesitado un poco de persuasión para hacerla suya. Pero aún era demasiado pronto para aquello. Cuando volviera a seducirla quería que su esposa fuera un manojo de deseo por él. Quería que le rogara que la penetrara. La quería impotente entre sus brazos, dispuesta a permitirle hacer lo que quisiera con ella. La quería en plena forma y totalmente consciente de lo que estaba haciendo.

Cuando más intensas fueran sus emociones y su deseo por él, más dura sería la caída cuando llevara a cabo su venganza.

Anna se tensó, pero no se apartó de él.

Stefano volvió a besarla en el cuello antes de apartarse.

–¿Qué estás buscando?

Anna carraspeó antes de hablar.

–El cargador de mi teléfono.

–Probablemente te lo dejaste en el apartamento.

–¿Podemos ir a recogerlo?

–Claro. ¿Pero para qué lo necesitas?

–Para cargar mi teléfono, obviamente –replicó Anna, pero frunció el ceño enseguida–. Aunque supongo que da igual, porque no recuerdo el pin. No lo sabrás tú, ¿no?

–No.

–¿Puedo usar tu móvil?

–¿Para qué? –preguntó Stefano con cautela.

–Quiero llamar a Melissa. Supongo que tienes su número.

–Lo tengo –admitió Stefano, consciente de que habría sido inútil mentir. Si Anna quería hablar con su hermana lo haría. Su misión en aquel momento consistía en disuadirla.

–¿Y crees que estás preparada para hablar con ella?

–Quiero saber por qué decidió irse a Australia a ver a nuestra madre... A menos que puedas decírmelo tú.

–Su decisión de irse fue muy repentina –dijo Stefano mientras trataba de pensar rápidamente–. No sé qué la impulsó a hacerlo.

–Solo quiero averiguar por qué se ha ido. Dices que eres mi marido, y esa es la clase de cosas que un marido suele saber.

–Soy tu marido, Anna, pero solo Melissa sabe por qué se ha ido. Creo que no deberías ponerte en contacto con ella antes de recuperar la memoria. Si eso sucediera antes de que Melissa regrese tú misma sabrás la verdad. De lo contrario, podréis sentaros a hablar para que te explique lo sucedido en persona.

Los ojos de Anna destellaron de rabia.

–Nuestra madre nos abandonó para irse a vivir

con otro hombre cuando el cadáver de nuestro padre aún no se había enfriado en la tumba. No quiero esperar un mes para saber por qué Melissa ha decidido de pronto perdonarla.

Stefano trató de mantener una expresión neutral. Anna debía de suponer que él estaba al tanto de todo aquello, pero lo único que sabía era que su madre se había ido a Australia y que con el paso del tiempo la relación se había ido enfriando.

Y no quería saber nada más. Anna había tenido un año para confiarle sus secretos, pero había preferido guardárselos para sí misma. No le interesaba hablar de infancias traumáticas. No estaba en lo más mínimo avergonzado de su pasado, pero no podía imaginar nada peor que sentarse a reflexionar sobre el efecto que había causado en él. Le bastaba saber que había servido como motor para su éxito.

No quería saber más sobre su esposa de lo que ya sabía. No quería sumergirse en su psique, y no estaba dispuesto a permitir que ella lo hiciera en la suya.

Hacía tiempo que había pasado la posibilidad de que aquello sucediera.

Tomó una mano de Anna y se la llevó a los labios para besarla.

–Sé que te duele lo que ha hecho Melissa, pero lo más importante es que recuperes tu memoria. Todo encajará cuando suceda.

La ira se esfumó poco a poco de la mirada de Anna.

–No es solo Melissa. O tú. Me siento totalmente desconectada de todo. He estado viendo un rato la tele y he comprobado que en el mundo están pasando muchas cosas de las que no tengo ni idea.

Eran solo las ocho de la mañana.

–¿Cuánto tiempo llevas despierta?

–Un par de horas. He dormido tanto estos últimos días que estoy totalmente descansada.

–Deberías haberme despertado.

–Sabía que dirías eso. Y he pensado en hacerlo, pero la verdad es que, al margen de un ligero dolor de cabeza, me siento normal. Además, duermes como un tronco.

–¿Ya estás cansada de que te mime?

Anna sonrió con ironía.

–Estoy cansada y aburrida. Ni siquiera tengo nada que hacer en la casa porque todo está inmaculado.

–Sabía que no tardarías en aburrirte, pero ya he pensado en una cura para tu aburrimiento. ¿Qué te parece si volamos esta noche a California? El cambio te sentaría bien y puede que suponga uno de los estímulos que mencionó el especialista.

California era donde Anna le había hecho picar el anzuelo. Era justo que él pudiera hacerle lo mismo.

El rostro de Anna se iluminó repentinamente.

–He tenido un recuerdo cuando estaba en el vestidor. Nada significativo, simplemente el recuerdo de estar llevando esta camisa.

–Es tu favorita –dijo Stefano, que tuvo que hacer un esfuerzo para parecer relajado–. Seguro que ese recuerdo que has recuperado es una buena señal.

–Eso espero. Al menos es un comienzo.

–Lo es. Entonces, ¿quieres que llame para que nos lleven hoy mismo a California?

Anna permaneció un momento pensativa y luego asintió.

–Sí. Puede que el viaje me ayude a seguir recordando.

–En ese caso, llamo ahora mismo.

–¿No vamos a San Francisco? –preguntó Anna cuando vio que el chófer tomaba una autopista diferente a la que ella recordaba de sus viajes anteriores.

Stefano sonrió.

–Tu amnesia significa que puedo sorprenderte dos veces.

–¿Qué quieres decir?

–Ya lo verás.

–¿Vamos a Santa Cruz? –preguntó Anna un momento después al fijarse en un cartel que indicaba que se acercaban a aquella población.

–Ya lo verás –repitió Stefano a la vez la tomaba de la mano y se la llevaba a los labios para besarle los nudillos.

Anna retiró la mano sin miramientos.

–¿Quieres hacer el favor de dejarte de jueguecitos por un momento y darme una respuesta?

Stefano la miró con una expresión dolida que no engañó a Anna ni por un momento.

–Me gusta darte sorpresas.

–Pues a mí no. Estás disfrutando con el poder que tienes sobre mí. Se nota que te encanta tenerme a tu merced.

–No estoy disfrutando con el poder que tengo sobre ti.

–Pero no has negado que te encanta tenerme a tu merced.

–Eso es lo que más me gusta de todo, *bellissima*. Y a ti también te gusta.

–Ya basta de insinuaciones –espetó Anna–. Se supone que me estás ayudando a recuperar la memoria, pero todo lo que haces es aludir al sexo. ¿Era eso todo lo que había en nuestro matrimonio?

–Es la mejor parte.

–A partir de ahora puedes contar con que ya sé que teníamos una vida sexual fantástica, pero te agradecería que recordaras que no sé nada de nuestra vida juntos y que confío en ti para que rellenes los huecos... y si se te ocurre hacer una insinuación sobre lo que acabo de decir te aseguro que estoy dispuesta a tomar el próximo vuelo de regreso a Londres.

Stefano hizo una mueca con los labios y se cruzó de brazos.

–De acuerdo. ¿Qué quieres saber?

–¡Para empezar, quiero saber a dónde vamos!

Justo en aquel momento el conductor tomaba el desvío que llevaba a Santa Cruz.

–A nuestra casa de la playa. La compramos hace unos meses. Esta es la ciudad en que nos casamos.

–¿Por qué nos casamos aquí? –preguntó Anna, mas calmada.

–California permite los matrimonios rápidos. Te dije que eligieras la ciudad y elegiste Santa Cruz.

–¿La elegí yo?

–Fue idea tuya que nos casáramos.

–No te creo.

Stefano se encogió de hombros.

–Es la verdad. Volaste conmigo a San Francisco para asistir a la entrega de Premios de la Industria. Al final de la tarde le dije al chófer que pasara primero por tu hotel. Nos dimos nuestro primer beso en este coche. Las cosas se pusieron bastante calientes, pero no me dejaste subir a tu habitación. Te pregunté qué haría falta para poder meterte en mi cama y me dijiste que solo lo harías si me casaba contigo.

–Seguro que estaba bromeando –dijo Anna. Tenía que haber estado bromeando. Jamás había pensado en el matrimonio y siempre había sabido que acabaría siendo una vieja solterona de pelo gris rodeada de perros. Estando soltera estaba a salvo. No desconfiaba específicamente de los hombres, sino de la gente en general. La gente era egoísta. La gente siempre ponía sus necesidades por delante de las de los demás. Rompían corazones y dejaban que otros recogieran los pedazos.

–Eso dijiste –Stefano volvió a encogerse de hombros y Anna creyó captar un repentino oscurecimiento de sus rasgos, pero pasó tan rápido que pensó que lo había imaginado–. Pero la idea acabó echando raíces. Volví al hotel a la mañana siguiente sabiendo que iba a casarme contigo ese mismo día. Era lo que ambos queríamos.

–¿Pero por qué?

–Nos deseábamos y ya habíamos alcanzado el límite. Seguir manteniendo las distancias no era una opción. Piensa en ello, *bellissima*. ¿Qué pareja podría haber sido más adecuada para casarse? Hemos trabajado codo con codo durante dieciocho meses. Nos hemos reído, hemos peleado, hemos visto lo peor el uno del otro. Si un hombre y una mujer pueden ser verdaderamente amigos, eso es lo que éramos.

–Eres mi jefe y me pagas para que sea amable

contigo –dijo Anna, pero incluso mientras hablaba se estaba preguntado dónde estaba el amor en todo aquello. A fin de cuentas la gente se casaba por eso, porque llegaban a confiar en alguien lo suficiente como para entregarle su corazón y su cuerpo. Por eso ella había creído que nunca se casaría.

Stefano soltó una risotada.

–¿Y cuándo te ha impedido eso decir lo que pensabas de mí? Nos casamos sabiendo exactamente en qué nos estábamos metiendo. Tenía sentido.

Anna experimentó una extraña calidez después de que Stefano explicara cómo había logrado hacerle bajar las defensas. A pesar de sus discusiones en el trabajo habían forjado una fuerte camaradería entre ellos. Un lazo. Asistían a reuniones de trabajo juntos, viajaban juntos... Había llegado a conocerlo tan bien que sabía lo que Stefano opinaba sobre una persona o una situación incluso antes de que abriera la boca.

También había aprendido que, aunque era un jefe terriblemente exigente, su palabra era sagrada. Tal vez incluso había llegado a aprender a confiar en él.

De pronto comprendió exactamente por qué se había casado con él.

No solo era el hombre más sexy del planeta, sino que, casándose con ella, había demostrado que la quería para algo más que para poner una muesca más en la cabecera de su cama.

El amor debía de haber surgido gradualmente entre ellos. Parecía que Stefano evitaba hablar de ello porque sabía que era inútil hablar de amor con alguien que había perdido la memoria.

Anna asintió lentamente.

–Creo que puedo comprender cómo sucedió. Pero

supongo que antes de aceptar casarme contigo quise que me aseguraras que ibas a serme fiel. Tu récord con las mujeres no inspira precisamente confianza.

–Lo único que me pediste fue que si alguna vez conocía a una mujer a la que quisiera meter en mi cama te lo dijera para que pudieras irte con la dignidad intacta. Fue una promesa que estuve dispuesto a hacer sin ningún problema.

–Me alegra saber que no había perdido por completo la cabeza.

–La perdiste –aseguró Stefano en tono solemne, aunque con un peculiar brillo en la mirada–. Te dije que acabaría conquistándote y tenía razón.

–Tú siempre tienes razón.

–Así es.

–O al menos eso es lo que te crees –replicó Anna, que no pudo evitar romper a reír al ver la expresión de Stefano.

–¿Qué te hace tanta gracia? –quiso saber él.

–Todo –Anna se cubrió la mano con la boca en un intento por recuperar la compostura–. Debes de dar unos besos increíbles si solo necesitaste uno en la parte trasera de un coche para conseguir que aceptara casarme contigo.

El voraz destello que iluminó la mirada de Stefano y la forma en que se inclinó hacia ella hizo que Anna estuviera segura de que iba a demostrarle cómo lo hizo.

Esperó sin aliento a que apoyara los labios en los suyos.

Pero Stefano sonrió de repente y el instante se perdió.

–Ya hemos llegado.

Capítulo 5

ANNA siguió a Stefano al interior de la casa, una impresionante construcción de estilo español que a pesar de su tamaño resultaba acogedora.

El interior de la casa hacía que su apartamento en Londres pareciera una caja de zapatos.

–Echa un vistazo mientras sirvo una bebida –dijo Stefano.

Intrigada por lo que la rodeaba, Anna dio una vuelta por la planta inferior de la casa. Encontró una sala de cine con doce comodísimos asientos, una piscina interior, un gimnasio, un majestuoso comedor. Las paredes acristaladas del final de la casa daban a un patio con palmeras y una piscina exterior. A la derecha de la habitación se hallaba el sofá redondeado más enorme que Anna había visto en su vida.

–¿Has dicho que esto es nuestro? –preguntó sin ocultar su asombro cuando Stefano volvió a reunirse con ella.

–Sí –Stefano le alcanzó un vaso de zumo–. Habría servido champán, pero no te conviene beber alcohol antes de que estés completamente recuperada de tu conmoción. Ya lo celebraremos entonces.

–¿Qué celebraremos?

–Que estés aquí.

Anna no podía saber hasta qué punto era aquello cierto. Stefano no estaba dispuesto a decirle que no habían pasado una sola noche bajo aquel techo, que habían comprado la casa tres días antes de que Anna lo abandonara. Sobre todo porque Anna había incluido la casa en la demanda que le había puesto.

Pero allí, en la casa que se suponía que iba a haber sido su primer hogar real, la casa que habían elegido juntos, pensaba seducirla con tal maestría que todo el placer que llegara a experimentar la obsesionara durante el resto de su vida. Su humillación tenía que ser completa: pública y privada. Exactamente como había sido la suya.

Anna se ruborizó y carraspeó antes de beber un sorbo de su zumo. Luego miró a su alrededor y dijo en el tono más desenfadado que pudo:

–Te gustan las paredes de cristal, ¿no? Tu apartamento de Londres también tiene las paredes exteriores de cristal.

Stefano se encogió de hombros

–No me gusta sentirme encerrado.

–No me digas que de pequeño te castigaban en el cuarto oscuro... –bromeó Anna.

–Pasé un año viviendo en una bodega.

Anna lo miró con cautela, sin saber si estaba bromeando. Todo el mundo había oído hablar de la tempestuosa juventud de Stefano, que este llevaba como una medalla de honor: la madre adolescente y adicta que murió cuando él aún era un bebé, el padre adolescente adicto que desapareció antes de que naciera, el abuelo que lo crio y murió cuando Stefano tenía siete años, la sucesión de tíos y tías con los que vivió a partir de entonces. Se pasaba el día peleando y creando problemas, lo que hizo que lo echaran de una casa tras otra hasta que se quedó sin parientes dispuestos a ocuparse de él. A partir de los quince se quedó solo.

Pasó años mendigando y luchando por sobrevivir. A nadie le sorprendió que acabara en la cárcel a los diecinueve.

Pero un año después de su liberación, el adolescente que iba camino de convertirse en un criminal profesional había creado la empresa de tecnología conocida en todo el mundo como Moretti. El resto era historia.

Todo aquello era público. A Stefano le encantaba hablar con los medios de comunicación sobre su infancia y adolescencia. Estaba orgulloso de ser el chico malo que había logrado salir de la nada por sí mismo. Y la estrategia le había funcionado a las mil maravillas, capturando la imaginación del público y añadiendo a la marca Moretti un aura especial.

–¿En serio? ¿En una bodega?

–Vivía entonces con mi tío Vicente. Mis primos no me dejaban compartir sus habitaciones.

–¿Y por eso te mandaron a dormir a la bodega?

–Les daba miedo, y con razón. No se puede esperar que un perro al que se ha tratado a patadas no muerda. Entonces yo era un adolescente muy enfadado al que le gustaba pelear.

Pelear era la única respuesta que tenía Stefano. En el colegio había sido objeto de acoso por parte de algunos niños debido a sus malos resultados y a que siempre llevaba ropa vieja demasiado pequeña o demasiado grande. Tras darse cuenta de que con los puños podía silenciar a sus primos y a sus compañeros, nunca miró atrás.

–¿Toda tu familia tenía miedo de ti?

–Sí, sobre todo porque me desarrollé físicamente antes de lo normal.

–¿Y por qué se metían contigo?

–Mi madre había sido la oveja negra de la familia Moretti. Yo era culpable de ser su hijo. Solo me acogieron porque ese fue el último deseo de mi abuelo antes de morir. Pero me odiaban y se aseguraron de hacerme saberlo.

–¡Pero eso es horrible! –exclamó Anna, indignada–. ¿Cómo se puede tratar así a un niño?

–¿Te enfada? –preguntó Stefano con evidente interés.

–¡Por supuesto que me enfada! Si Melissa tuviera un hijo y le pasara algo, yo me ocuparía de él como si fuera mío.

Stefano pensó que aquello era probablemente cierto. Si su esposa era capaz de querer a alguien era a su hermana.

Anna agitó su melena negra y tomó un sorbo de su zumo.

–¿Y ves ahora a alguien de tu familia?

–La última vez que hablé con uno de ellos fue cuando mi tío Luigi se presentó a verme para pedirme dinero. No quiero repetir la respuesta que le di, porque no fue nada decorosa.

Anna rio.

–Lo imagino.

–Cuando me echaron de casa de mi tío Vicente solo tenía una cosa en la cabeza: venganza. Decidí esforzarme en tener todo el éxito posible para que mis familiares se enteraran y fueran muy conscientes de que nunca iban a ver un penique. Mi éxito sería mi venganza.

–Si el éxito que has tenido sirve de referencia, tu sed de venganza debió de ser insaciable.

–No soy un hombre que olvide fácilmente. No olvido nada –replicó Stefano, pensando en la sed de venganza que había despertado en él su esposa.

Anna permaneció sentada en el sofá. Captaba el peligro que había en el ambiente, pero no entendía a qué se debía. Era como una sombra oscura que solo se mostraba intermitentemente.

–¿Cómo lograste tener tanto éxito y tan rápido?

–Decía que tenía dieciocho años y conseguía trabajos en la construcción y en algunos clubes. Había trabajo de sobra y trabajar en los clubes significaba que era fácil encontrar mujeres y una cama para pasar la noche.

–¿Cuando solo tenías quince años?

–No los aparentaba. A las mujeres les gustan los chicos malos. Ahorré todo lo que pude. Había ahorrado diez mil euros antes de que me metieran en prisión, pero me lo tuve que gastar todo en el proceso judicial.

–¿Por qué fuiste a la cárcel?

–Un día vi a un hombre en un club golpeando a una mujer. Lo detuve.

–¿Le pegaste?

–Se lo merecía. Fue una de mis muchas peleas en aquellos años –Stefano sonrió sin humor–. Resultó que aquel tipo era hijo de un poli que se aseguró de que acabara en la cárcel. Pero ir a la cárcel fue el impulso que necesitaba para cambiar. Juré no volver y no meterme en más peleas.

–¿Y lo de acostarte con mujeres guapas? –dijo Anna, tratando de bromear.

La mirada que le dedicó Stefano le hizo comprender que estaba tentando su suerte.

–Lo primero que hice cuando terminé mi condena fue ir a un casino a jugarme el poco dinero que me quedaba. Tuve suerte, y al salir conocí a un tipo que me llamó la atención. Era un cerebrito de la informática. Me habló de una aplicación que había creado para localizar dispositivos de teléfonos móviles. Las aplicaciones estaban empezando por aquel entonces, al igual que el mundo de los teléfonos inteligentes. Yo no entendía nada de aquello, pero comprendí enseguida que él sí, y decidí apostar mi dinero por él. Escribimos un acuerdo en una servilleta. Dos meses después me localizó y me devolvió el dinero que había invertido más los intereses. Para mí fue el comienzo de todo. La tecnología era mi futuro, no sabía cómo desarrollarla personalmente, pero sabía distinguir a un ganador cuando lo veía. Financié los cerebros y coseché las recompensas.

Anna asintió lentamente.

–¿Y has vuelto a apostar después de aquella ocasión?

–Las apuestas son para imbéciles.

Anna rio antes de vaciar su vaso.

–La venganza debió de resultarte muy dulce.

–Así es. Como tomar fresas con nata en Wimbledon.

–Me alegra saberlo. Tu familia no merecía nada después de cómo te trataron.

–¿Crees que habrían merecido algo si me hubieran tratado mejor?

–No me refería a eso. Tu dinero es tuyo. Tú lo has

ganado y eres el único con derecho a disponer de él. Si decides compartirlo con alguien es cosa tuya, no una obligación.

–Y, siendo mi esposa, ¿no te consideras con derecho a compartirlo?

–Por supuesto que no.

La intensidad de la mirada de Stefano desconcertó a Anna.

–Y si cada uno siguiera su camino, ¿me demandarías para obtener una buena parte de mi dinero?

–No. Y, si te conozco bien, estoy segura de que me hiciste firmar un acuerdo prenupcial.

La mandíbula de Stefano se tensó un instante, pero enseguida relajó los rasgos.

–Nos casamos demasiado deprisa como para eso.

–De manera que no fui la única que perdió la cabeza, ¿no? –dijo Anna, ligeramente complacida a pesar de sí misma.

Stefano terminó su zumo y sonrió, tenso.

–Supongo que ambos perdimos un poco la cabeza ese día.

Anna dejó su vaso vacío en la mesa.

–¿Y obtener tu venganza ha supuesto una ayuda?

–Naturalmente.

–¿Pero te ha ayudado emocionalmente? Tenías muchas cosas que superar...

–Eso ya pasó. Me enfrenté a ello en su momento y seguí mi camino sin mirar atrás.

–Tenías mucho a lo que enfrentarte, y eras muy joven –Anna alzó sus bonitas cejas con expresión incrédula–. Yo pensaba que había tenido mala suerte en la vida, pero al menos siempre he contado con Melissa. Tú no tenías a nadie.

Lo último que quería Stefano era la compasión de Anna.

–Cada uno se busca su suerte, *bellissima*. El pasado que se quede donde está.

Anna frunció el ceño.

–No soy tan estúpida como para no saber que la muerte de mi padre y la deserción de mi madre me afectaron.

–¿Me estás llamando estúpido?

–Por supuesto que no. Solo estoy diciendo que no creo que tu venganza fuera suficiente para...

–Fue más que suficiente –Stefano tuvo que esforzarse por contener su ira. Anna era la única persona que se atrevía a responderle así. Podían discutir y gritarse como un par de gatos salvajes–. Acabamos de hacer un largo viaje y debes de estar agotada. Descansa un rato y luego podemos comer algo.

Anna se puso en pie y se cruzó de brazos.

–¿Siempre te libras así de mí desde que soy tu esposa?

–No me estoy librando de ti. Pero ese es un tema con el que no me gusta perder el tiempo –al ver la expresión de rebeldía de Anna, Stefano adoptó un tono más conciliador–. No discutamos nada más llegar, por favor. Ven y te enseño el resto de la casa.

–Yo he estado aquí antes –dijo Anna en cuanto entraron en un baño de la segunda planta.

Sintió que un recuerdo quería aflorar a su mente. Un recuerdo con más substancia que una mera sensación.

Se acercó a la pared acristalada del baño y comprobó que desde aquel lugar había unas increíbles vistas del mar.

Excitada por el recuerdo, se volvió hacia Stefano.

–¡Recuerdo esto! ¡Recuerdo que te dije que sería genial bañarse aquí contemplando el océano! ¡Lo recuerdo!

La expresión de Stefano era inescrutable.

–¿Recuerdas algo más?

Anna se esforzó por encontrar algo más, pero su mente volvió a perderse en el vacío.

–No.

–No te preocupes. Creo que no tardarás en recuperar más recuerdos.

–Eso espero –dijo Anna, casi con fervor–. Es muy frustrante. Vas a tener que ponerme totalmente al día sobre el trabajo si no recupero pronto la memoria.

–Olvídate del trabajo –Stefano alzó instintivamente una mano para apartar un mechón de pelo de la frente de Anna–. No quiero que pienses en eso hasta que estemos de regreso en Londres.

–Gracias, pero creo que puedo decidir por mí misma en qué sí y en qué no pensar.

–Tu maravillosa mente es una de las muchas cosas que adoro de ti –Stefano apoyó una mano en el cuello de Anna y la miró a los ojos–. Pero ahora lo único que quiero es que te recuperes. Estoy pensando en ti, *bellissima*.

–Ya estoy mejor.

–Casi –Stefano se arrimó a ella y aspiró su aroma–. Falta poco para que lo consigas.

Capítulo 6

ECHAS de menos Italia? –preguntó Anna unas horas después mientras disfrutaban en la terraza de la comida italiana que había encargado Stefano.

–Echo de menos la comida.

–¿Y el idioma?

–También –concedió Stefano tras un momento de duda.

–Hablas bien inglés y sueco, y no te defiendes mal en japonés.

–Pero no es lo mismo. No resulta igual de natural que hablar mi lengua.

–¿Y no echas de menos nada más?

–El tiempo en Italia es mejor que el de Londres –al ver que Anna alzaba una ceja y le dedicaba una mirada de escepticismo a la que ya se había acostumbrado mientras trabajaban, añadió–: Soy italiano y siempre lo seré. Cuando me retire pienso volver a vivir allí.

–¿Retirarte? ¿Tú?

Stefano rio.

–Cuando cumpla cincuenta pienso dejar de trabajar para dedicarme a disfrutar de la vida.

Anna sonrió, y Stefano se habría quedado embelesado contemplando su rostro si no hubiera sabido el veneno que ocultaba.

–A mí tampoco me importaría retirarme en Italia.

Stefano esbozó una sonrisa.

–Ya te he escuchado decir eso antes, pero creo que te costaría mucho no vivir cerca de tu hermana.

Anna dejó de sonreír al escuchar aquello.

–Es cierto. Trato de sentirme enfadada con ella, pero no puedo. Sea lo que sea lo que haya pasado, es mi hermana y la quiero –suspiró y movió la cabeza–. Necesito hablar con ella.

–Pronto podrás hacerlo. Solo va a estar fuera un mes. Estoy seguro de que cuando vuelva resolveréis las cosas, como siempre.

Stefano no pudo evitar pensar que cuando llevara adelante su plan de humillación Anna no iba a tener a su hermana cerca.

Antes de que su conciencia empezara a darle la lata, tomó la botella de vino que había en la mesa y se sirvió un vaso.

Anna miró un momento la jarra de agua con hielo que tenía a su lado y frunció la nariz.

Stefano vio con una mezcla de diversión e irritación cómo se servía un poco de vino.

–No deberías beber.

Anna puso los ojos en blanco.

–Seguro que no pasa nada porque tome un poco.

–Eres muy mala paciente.

–Hemos vivido juntos un año. Eso no debería ser una novedad para ti.

–Nunca habías estado enferma desde que te conozco.

–Melissa suele decir que ocuparse de mí cuando estoy enferma es como ocuparse de un bebé adolescente.

Stefano rio ante la imagen que provocó en su mente aquella descripción.

–Hoy no he tomado ningún analgésico –añadió Anna–. Y hablando de hermanas, nunca me has contado cómo te encontró la tuya. ¿Se llama Christina?

–Sí. Me buscó cuando nuestro padre murió.

–¿Tú padre aún estaba vivo? –preguntó Anna, sorprendida.

Stefano asintió con una mueca.

–Pasé años creyendo que estaba muerto cuando lo cierto era que vivía en Nápoles, a dos horas de distancia. Ni siquiera sabía su nombre real. Siempre creí que se llamaba Marco, pero su nombre era Mario.

–Que terrible –los ojos color avellana de Anna revelaron la misma compasión que Stefano había visto antes en ellos–. ¿Estaba tan cerca de ti y nunca quiso verte?

–No se lo permitían. Mi abuelo le pagó para que se fuera de Lazio antes de que yo naciera. Lo culpaba de la adicción de mi madre. Mi padre aceptó el dinero y se fue. Después rehízo su vida, consiguió un trabajo y un lugar en el que vivir. Solo supo que mi madre había muerto cuando trató de ponerse en contacto con ella. Mi abuelo no se fiaba de él y le dijo que se mantuviera alejado de mí. Mi padre aceptó. No sé fiaba más de sí mismo que mi abuelo, pero permaneció alejado de las drogas, conoció a otra mujer y tuvo una hija con ella. Christina. Su mujer lo alentó a ponerse directamente en contacto conmigo, pero para entonces mi abuelo había muerto y el resto de mi familia ya se había librado de mí. No pudo encontrarme.

–¿Pero te buscó?

–Sí, pero por aquel entonces yo utilizaba otros nombres y nunca decía mi verdadera edad.

–Y cuando triunfaste y tu empresa se hizo famosa, ¿no supo que eras su hijo?

–Sí –contestó Stefano–. Pero pensó que no querría verlo. Supuso que pensaría que lo único que quería era mi dinero.

Siempre había pensado que su padre era un drogadicto sin remedio que no quería saber nada de él. Pero sí había querido saber de él. Había querido arreglar las cosas. Pero ya era demasiado tarde para ello. Nunca conocería a su padre y nunca podría decirle que lo había perdonado. Sus padres eran poco más que unos niños cuando lo concibieron, unos niños totalmente inmaduros que se habían enganchado a las drogas.

–Mi padre me dejó este reloj –dijo a la vez que tiraba de la manga de su camisa para enseñárselo a Anna.

Anna contempló con expresión dolida la ajada correa de cuero, el rayado cristal.

–Al menos murió sabiendo que habías triunfado. Imagino que eso supuso algún consuelo.

Stefano asintió y trató de reprimir el enfado que le estaba produciendo que Anna se estuviera mostrando tan compasiva y comprensiva.

Christina le había entregado una carta de su padre en la que manifestaba lo orgulloso que se sentía de él. Fue la primera vez en su vida que supo que alguien había manifestado que se sentía orgulloso de él.

–¿Y cuándo averiguaste todo eso?

–Hace un mes.

Stefano había averiguado la verdad sobre su padre mientras Anna se hallaba en París con Melissa, la noche antes de su inesperado regreso y de que entrara en la sala de juntas hecha un basilisco acusándolo de tener una aventura. ¡Y eso que había pensado que aquel viaje era un buen regalo para que las hermanas disfrutaran de unos días de vacaciones!

Anna había llamado y había dejado un mensaje, pero él había pasado casi toda la noche con Christina, hablando sin parar de su pasado mientras consumían varias botellas de vino. No había visto el mensaje de Anna hasta que se había ido a la cama a las cuatro de la mañana, y entonces ya era demasiado tarde para devolverle la llamada. Después, sin apenas haber dormido, tuvo que volver a la oficina, dejando a su recién encontrada hermana en el apartamento.

Anna voló de regresó antes de lo esperado y se presentó en el apartamento con la única intención de atraparlo con otra mujer.

Y él había sido lo suficientemente estúpido como para creer que lo quería de verdad, cuando lo único que había buscado desde el principio había sido su dinero.

Comieron un rato en silencio hasta que Anna preguntó:

–¿Cómo es Christina?

–Hace poco que ha cumplido veinte años, pero ha estado muy protegida y parece más joven –Stefano sonrió con ironía mientras trataba de apartar los oscuros pensamientos que afloraban a su mente relacionados con su mujer–. Supongo que, temiendo perderla como me había perdido a mí, mi padre la protegió en exceso. Pero ahora estamos fortaleciendo nuestra relación.

–¿Ha estado viviendo con nosotros?

–No –replicó Stefano. Anna era la única persona con la que había sido capaz de convivir hasta entonces–. Le he alquilado un apartamento en Londres y está adquiriendo algo de experiencia laboral en la oficina. Dejó sus estudios en la universidad cuando mi padre fue diagnosticado de cáncer. Piensa retomarlos el curso que viene, pero hasta entonces va a quedarse en Londres trabajando conmigo y mejorando su inglés.

–¿Y su madre?

–Vive en Nápoles, pero piensa venir a Londres la próxima navidad –al ver que Anna estaba a punto de hacer otra pregunta, añadió–: ¿Qué te parece la comida?

No le molestaba hablar de su pasado, pero Anna tenía una forma de escuchar que hacía que quisiera contarle más que los meros hechos. Pero aquello era algo que había tratado de evitar desde que se casaron y no pensaba empezar cuando solo faltaban unos días para que su relación acabara para siempre. Lo único que quería hacer con ella era quitarle la ropa.

Anna estaba a punto para la seducción, como él quería. Sabía que si la tomaba entre sus brazos en aquel momento apenas encontraría resistencia. Lo notaba en sus ojos, que lo desnudaban con cada una de sus instintivas y hambrientas miradas.

Pero cuando volviera a hacerle el amor quería que fuera la Anna con la que se había casado. Solo entonces la seduciría y le haría disfrutar de un modo que no olvidaría el resto de su vida.

–Está riquísima, gracias.

Stefano alzó su copa.

–*Salute*.

–¿Por qué brindamos?

–Por nosotros. Por ti y por mí, y por un matrimonio que no olvidarás nunca.

Anna sentía el estómago confortablemente lleno. Pero aquella era la única parte cómoda de su anatomía. Hacía rato que habían terminado la comida y la botella de vino, y Stefano parecía estar comiéndosela con los ojos mientras ella esperaba casi sin aliento a que sugiriera que se fueran a la cama.

Sintió que la sangre le ardía en las venas mientras su imaginación se llenaba de imágenes de Stefano haciéndole el amor, presionando su poderoso torso desnudo contra ella...

–Tierra a Anna –dijo Stefano, con un codo apoyado en la mesa y la barbilla apoyada en la mano–. ¿En qué estás pensando que te brillan así los ojos?

Estaba flirteando con ella, le estaba dejando claro que estaba deseando meterla en su cama... Pero no había hecho nada por demostrarlo.

¿Estaría esperando a que le diera su consentimiento?

Anna respiró hondo y lo miró a los ojos.

–Estaba pensando que ya es hora de irse a la cama.

Stefano asintió lentamente sin apartar la mirada.

–Adelante. Yo iré más tarde.

Anna no reaccionó con la suficiente rapidez como para ocultar su decepción.

–¿No vas a venir conmigo?

–No estoy lo suficientemente cansado como para dormirme.

Dolida por su rechazo, Anna se puso rápidamente en pie.

–En ese caso, nos vemos por la mañana. Buenas noches.

–Anna.

Anna ignoró la voz de Stefano mientras se encaminaba hacia la puerta. No quería que viera la vergüenza que sin duda reflejaba su rostro. ¿La rechazaba después de todas aquellas insinuaciones y miradas hambrientas?

Pero no pudo escapar de la terraza con la suficiente rapidez.

–Anna –repitió Stefano en un tono que exigía ser obedecido.

Reacia, Anna se volvió hacia él.

–¿Qué?

El atisbo de ternura que captó en la expresión de Stefano hizo que se sintiera un poco menos dolida.

–Eres preciosa.

Aquellas palabras fueron tan inesperadas que Anna no supo que decir. Entonces él sonrió y añadió:

–Que duermas bien, *bellissima.*

La casa estaba en completo silencio cuando, a la mañana siguiente, Stefano bajó las escaleras.

Encontró a Anna tras el escritorio de su despacho, con el portátil abierto.

–¿Qué haces? –preguntó, y logró contener por muy poco el impulso de cerrarlo de inmediato.

–Trato de jaquear tu ordenador –replicó Anna sin mirarlo.

–Si no puedes ni poner el pin de tu teléfono, ¿cómo vas a jaquear un ordenador?

–Eres muy predecible con las contraseñas que eliges.

Stefano siempre había permitido a Anna acceder a su portátil, y solía ponerle al tanto de sus cambios de contraseñas. Pero si llegara a entrar podría descubrir que la había despedido, y entonces todos sus planes se vendrían abajo y no podría llevar a cabo su venganza.

–¿Para qué lo quieres? –preguntó tan desenfadadamente como pudo.

–Para entrar en Internet y escribir a Melissa. Estoy de acuerdo contigo en que no debería hablar con ella todavía, pero seguro que está preocupada por no poder ponerse en contacto conmigo.

–Si está preocupada llamará a la oficina y le dirán dónde estás –entonces Melissa sí que tendría algo por lo que preocuparse, pues estaba al tanto de su fea separación.

Stefano solo necesitaba cuatro días más antes de que las hermanas se pusieran en contacto.

Anna lo miró y frunció el ceño, pero no antes de que Stefano captara que aún se sentía dolida por su rechazo de la noche anterior. Ocultó su satisfacción.

–¿Te preocupa algo, *bellissima*?

–No.

Stefano se sentó en el borde del escritorio y observó los ceñidos pantalones cortos que vestía Anna y la camiseta color coral que acariciaba sus pequeños y preciosos pechos.

Anna pulsó una tecla del ordenador. Su expresión se animó de repente y dedicó a Stefano una traviesa sonrisa.

–¡Estoy dentro! –exclamó, pero dejó de sonreír al ver lo que apareció en la pantalla.

Era una carta de despido que Stefano había hecho escribir a Chloe para uno de los hombres que trabajaba en su laboratorio de proyectos. Stefano la estaba leyendo cuando de repente recordó una reunión a la que debía asistir. Acudía a la sala de juntas cuando uno de sus empleados corrió a decirle que su esposa acababa de entrar en su oficina, y no había vuelto a abrir el ordenador desde entonces.

–¿Vas a despedir a Peter? –preguntó Anna con el ceño fruncido.

–Ha estado vendiendo información a uno de nuestros rivales.

–¿Tienes pruebas de eso?

–Las suficientes como para no otorgarle el beneficio de la duda.

–¿Has hablado con él?

–Tuvimos una breve charla.

–¿Estaba yo presente?

–No. Quería darle la oportunidad de confesar. Su comportamiento durante la reunión fue muy revelador. No podía parar quieto ni hablar adecuadamente.

–¿Estaba nervioso? ¿Inquieto?

–Ambas cosas. Su lenguaje corporal me convenció de su culpabilidad.

–¡Cielo santo, Stefano! Cualquiera de tus empleados a los que convoques para mantener una conversación privada se mostrará nervioso. Puedes resultar aterrador, y Peter es un hombre sensible.

–Alguien está vendiendo secretos del departamento de investigación.

–Puede que alguien de fuera haya logrado entrar en el sistema.

–O puede que tengamos un traidor entre nosotros.

Anna se puso en pie y apoyó las manos en sus caderas.

–¿Y a quién en su sano juicio se le ocurriría jaquearte a ti? Eres un ogro, aunque también es cierto que pagas muy bien, tus primas son muy generosas y el nivel de fidelidad de tus empleados es muy alto. Pero yo conozco a Peter. Lo contrataste poco después de haberme contratado a mí. Es un hombre tímido, pero también es uno de los cerebros más brillantes con los que cuentas, y es leal. ¿Vas a despedirlo sin tener una prueba concreta?

–¡No puedo arriesgarme a mantenerlo en su puesto! –Stefano no añadió que no había vuelto a pensar en el asunto de Peter ni en nada relacionado con su trabajo desde que Anna se había desmayado a sus pies.

–¿Te has planteado la posibilidad de que alguno de tus competidores haya logrado entrar en el sistema?

–¡Nuestro sistema es impenetrable, y lo sabes muy bien! –casi gritó Stefano.

–¡Tonterías! Si hay gente capaz de entrar en el sistema del Pentágono, también pueden entrar en el tuyo. ¿Estás dispuesto a arruinar la vida de una persona sin pruebas? ¿Quieres que te denuncien por despido improcedente? Te estás comportando como un imbécil.

–¿Me estás llamando imbécil?

–¡Si el zapato encaja en tu pie, póntelo!

Aquello era lo que tanto había echado Stefano de

menos durante el mes transcurrido desde que Anna lo había dejado; alguien que le hiciera ver las cosas desde otra perspectiva.

Todo había ido mal desde la marcha de Anna. La rabia y la humillación no le habían permitido pensar con claridad en nada desde entonces

Estaban uno frente al otro, enfadados, lanzándose miradas asesinas, como había sucedido en varias ocasiones en el pasado, hasta que alguno de los dos reculaba y se disculpaba.

Pero en aquella ocasión Anna llevaba tan solo unos diminutos pantalones cortos y una camiseta... y él tan solo tenía la bata puesta sin nada debajo.

De pronto, sin saber cómo, Anna se encontró entre los brazos de Stefano, con su boca devorándola, y lo único que fue capaz de hacer fue devolverle el beso como tanto había anhelado hacerlo.

Unas sensaciones que ni siquiera sabía que existían recorrieron su piel, invadiéndola a través de sus poros. Stefano introdujo la lengua en su boca y sus lenguas bailaron al son de una canción que Anna no sabía que ya había aprendido, y que cerró su mente a todo lo que no fueran las sensaciones que estaba experimentando.

Aquello era todo lo que siempre había soñado y más. Su sabor, su aroma, la sensación de sus labios, el ligero roce de su incipiente barba, la fuerza de sus brazos rodeándola...

Stefano la tomó por el pelo y tiró con delicadeza para mirarla a los ojos.

–¿Comprendes ahora por qué nos casamos? –murmuró mientras retenía a Anna con fuerza contra su cuerpo.

Anna dejó escapar un gritito ahogado al sentir la dureza de la excitación de Stefano contra su abdomen.

No era de extrañar que se hubieran casado tan rápido. No era de extrañar que le hubiera exigido matrimonio. Fue la única posibilidad que se le ocurrió para asustarlo.

¡Sí! No fue exactamente un recuerdo, sino una sensación. La certeza de que así habían sido las cosas.

No sabía que la atracción que había sentido por él durante tanto tiempo haría que se derritiera con una simple caricia. Habían hecho muchas veces el amor durante su matrimonio, y ahora iba a experimentarlo todo de nuevo como si fuera la primera vez...

Stefano tomó el rostro de Anna entre sus manos para mirarla a los ojos y lo que vio en ellos fue una mezcla de nervios y deseo, como la primera vez que le hizo el amor.

El sexo era el único aspecto de su matrimonio sobre el que no tenía dudas. Por mentirosa que fuera Anna, nadie podía simular aquellas reacciones, y Stefano supo desde el primer momento que nunca volvería a encontrar aquello con nadie más. Pero no debía olvidar ni por un momento que aquello era toda una primicia para Anna, que era como su primera vez. Cuando le confesó su virginidad, y a pesar de la conmoción que supuso enterarse, su primera reacción fue de euforia al comprender que él iba a ser su primer y único hombre.

–No voy a hacerte el amor aquí –dijo roncamente a la vez que la tomaba en brazos.

Anna lo rodeó con los brazos por el cuello, temblorosa.

–¿Por qué me rechazaste anoche?

–Porque estaba esperando a que regresara mi Anna. Y cuando me has gritado tan apasionadamente he sabido que eras tú –dijo Stefano antes de besarle la punta de la nariz.

Capítulo 7

STEFANO subió las escaleras con Anna en brazos.

«Su Anna», pensó, con un sentimiento de posesión de tal intensidad que se quedó sin aliento.

Solo suya.

Pero solo durante unos días.

No podía pensar con claridad en aquellos momentos. Lo único que quería era sumergirse en su tenso calor y perderse en ella.

La puerta del dormitorio estaba abierta y se encaminó directamente a la cama, donde dejó a Anna tumbada de espaldas.

Anna esperó a que volviera a besarla. Stefano había colocado ambas manos a los lados de su cabeza, había situado sus largas piernas entre sus muslos y la estaba mirando...

La estaba mirando como si quisiera devorarla entera, y le pareció imposible que hubiera podido mirar alguna otra vez a una mujer con la pasión y el deseo con el que la estaba mirando a ella.

Stefano era suyo. Todo suyo. Y jamás lo compartiría con nadie.

Tenía un cuerpo maravilloso, como esculpido en mármol por un maestro que luego le hubiera insuflado vida. Sentirlo contra el interior de sus muslos, ardiente y dispuesto, con aquella mirada voraz, evidente incluso para una novata como ella...

Extasiada, Anna alzó una mano para apoyarla contra su pecho y sintió los poderosos latidos de su corazón. Suspiró y cerró los ojos.

Jamás había imaginado que su piel sería tan cálida y suave, o que el vello que cubría su pecho sería tan sedoso. Cuando deslizó los dedos hasta la parte baja de su abdomen notó que contenía la respiración.

Sin dejar de mirarla, Stefano le quitó la camiseta.

Su ardiente mirada la recorrió de arriba abajo, pero Anna estaba demasiado centrada en sus sensaciones físicas como para sentir ninguna vergüenza. Solo pasó un instante de timidez cuando tiró de sus pantaloncitos hacia abajo para quitárselos y dejar expuesta la parte más íntima de su cuerpo. Pero incluso aquella timidez desapareció al escuchar su ronco gemido.

–*Dio!* Tienes el cuerpo más sexy que he visto en mi vida –murmuró Stefano en un tono casi doloroso.

Cuando se inclinó para tomar en su boca la de Anna, ella lo rodeó con los brazos por el cuello y respondió con toda la pasión que habitaba en su corazón.

Una nueva oleada de calor recorrió su cuerpo y sintió cómo crecía el deseo en su interior, el anhelo por la posesión de Stefano.

Pero un inesperado pensamiento cruzó su mente y le hizo apartar los labios.

–¿Qué utilizamos como medio de contracepción?

–Has estado poniéndote esas inyecciones desde que regresamos de nuestra luna de miel –murmuró Stefano, que apenas esperó una fracción de segundo para besarla en el cuello.

Anna olvidó al instante cualquier preocupación sobre un posible embarazo y se dejó llevar por las increíbles sensaciones que se estaban adueñando de ella. Y cuando Stefano dejó un rastro de besos desde su cuello hasta uno de sus pechos para tomar el pezón en su boca, sucumbió por completo al placer que estaba experimentando en cada una de las células de su cuerpo.

Su boca y sus manos estaban en todas partes, besándola, acariciándola, llevando su deseo hasta un punto en el que sintió que ya no podría soportar más aquella celestial tortura.

Cuando Stefano volvió a buscar sus labios, Anna separó los muslos en cuanto notó que apoyaba una mano en ellos.

Stefano murmuró algo en italiano, se irguió un poco apoyado sobre sus manos y de pronto estaba allí, en el lugar que más deseaba Anna que estuviera. Pero al mismo tiempo sintió que todos sus temores regresaban y se quedó paralizada.

Stefano debió de sentir que algo iba mal, pues interrumpió lo que estaba a punto de hacer con el extremo de su poderosa erección apoyado contra los labios del sexo de Anna y la miró a los ojos.

–No hay nada que temer, *bellissima* –susurró–. Nada en absoluto. Jamás te haría daño.

A continuación volvió a besarla y a acariciarla lentamente con su lengua. Más relajada, Anna lo rodeó con sus brazos y dejó escapar un gritito contra su boca cuando sintió que empezaba a penetrarla tan despacio y con tanto cuidado que habría podido llorar de emoción.

Pero todo pensamiento abandonó su mente ante la constancia de que Stefano estaba dentro de ella.

Sus temores no tenían fundamento. No experimentó ningún dolor. En realidad ya sabía que no podía sentirlo, que su virginidad solo estaba en su mente, pero por un momento había temido que su cuerpo lo hubiera olvidado.

Lo único que experimentó fue placer. Un placer profundo que irradió por todo su cuerpo.

Durante el tiempo que habían pasado juntos Stefano debía de haber aprendido exactamente qué era lo que más le gustaba, porque sus expertos movimientos le hicieron sentirse como si estuviera llegando al cielo.

El mundo se volvió un lugar borroso y distante, y se encogió hasta que solo quedaron ellos dos y aquel momento mágico. De pronto, el calor que la estaba devorando se convirtió en un incendio y se escuchó a sí misma gritando una y otra vez el nombre de Stefano mientras unas increíbles oleadas de placer la recorrían de pies a cabeza.

Stefano dejó escapar un ronco y prolongado gemido y la penetró tan profundamente mientras alcanzaba el clímax que Anna lo rodeó con más fuerza con las piernas, para sentirlo aún más dentro, anhelando saborear cada instante de aquel increíble momento.

Cuando Stefano cayó sobre ella y enterró el rostro en la curva de su cuello, Anna lo abrazó con fuerza contra sí. Deslizó las manos abajo y arriba por su musculosa espalda y entrelazó los dedos en su espesa mata de pelo negro. Sintió los intensos latidos de su corazón contra sus pechos y le encantó comprobar que él también había sentido el placer y la pasión que ella había experimentado.

–¿Es siempre así? –preguntó cuando finalmente recuperó el aliento.

Stefano dejó escapar una ronca risa mientras alzaba la cabeza.

–Siempre –contestó con una deliciosa sonrisa en los labios.

A la mañana siguiente, Anna despertó temprano y se desperezó como un gato antes de volver la mirada hacia Stefano, que dormía profundamente a su lado.

La luz de la mañana lo iluminaba de lleno y, por primera vez, se permitió mirarlo a placer, sin las interrupciones y dudas que solían surgir en su mente.

Hacer el amor con él había sido una experiencia que iba mucho más allá de lo que nunca había imaginado.

La segunda vez había sido incluso mejor, y para cuando lo hicieron por tercera vez, el resto de sus inhibiciones había volado por la ventana.

Después de haber dormido tan poco debería sentirse agotada, pero no era así. Nunca había sentido nada parecido. Era como si tuviera una colmena en el pecho y todas las abejas estuvieran haciendo miel dentro de ella.

Salió de la cama con cuidado para no despertar a Stefano y fue desnuda y de puntillas al baño que había en el otro extremo del descansillo.

Cerró la puerta a sus espaldas y fue directamente a contemplar el cristalino cielo de la mañana a través de la pared acristalada del baño. Iba a hacer un día precioso. Lo sentía en los huesos.

Tras llenar la bañera y añadir una generosa cantidad de sales espumosas, se metió dentro con un profundo suspiro de placer y volvió la mirada hacia la playa.

De pronto, una imagen intensamente vívida surgió en su mente.

Estaba haciendo el amor con Stefano en su apartamento de Londres.

Se abrazó las rodillas mientras la imagen se convertía en algo más que una foto en su mente. Era un recuerdo, un auténtico recuerdo.

No supo cuánto tiempo pasó en el baño, repasando aquel recuerdo, pensando más intensamente que nunca. No salió de su ensimismamiento hasta que oyó una llamada a la puerta.

–Adelante.

Stefano entró en el baño vestido tan solo con unos calzones blancos y una sonrisa ladeada en los labios. Llevaba el pelo totalmente revuelto y se acuclilló para apoyar los brazos en el borde de la bañera.

–Deberías estar en la cama.

Anna alzó una ceja mientras sus sentidos se lanzaban en todas direcciones por el mero hecho de tenerlo cerca.

–Estoy recordando cosas.

Stefano sintió que el estómago se le encogía. Miró atentamente el rostro de Anna y no captó ningún indicio de suspicacia o desconfianza.

–¿Y qué estás recordando?

–A nosotros. Fragmentos de nosotros. Nuestra boda –las mejillas se Anna se cubrieron de rubor cuando añadió–: De la primera vez que hicimos el amor.

–¿Y cómo fue?

Anna alzó una mano para acariciar con ternura la mejilla de Stefano.

–Fue maravilloso. ¡Tú fuiste maravilloso!

Stefano sintió que su pecho se colmaba de emoción.

–¿Y qué más?

–Recuerdo algunas reuniones de trabajo. ¿Me habías ascendido de puesto?

–Sí, cuando Nick se retiró. Te di su trabajo.

Anna abrió los ojos de par en par.

–¿Me incluiste en la junta de directivos?

–¿En quién más podría haber confiado para ocuparse de todo mientras viajaba? Eres una mujer de negocios excepcional, Anna. Todos los miembros de la junta apoyaron tu nombramiento.

A pesar de todo, Stefano debía reconocer que aquel ascenso supuso el comienzo de sus problemas. Tuvieron que dejar de viajar juntos a todas partes, pues Anna debía quedarse en Londres a cargo de la empresa mientras él viajaba. Pasaron de verse a diario y de dormir juntos todas las noches a estar hasta una semana entera separados. Entonces fue cuando empezaron a mostrarse las inseguridades de Anna.

Pero no debía olvidar que Anna había simulado sentirse insegura desde el principio. Su acelerado ascenso solo le dio más armas para poner en marcha su plan.

Sin embargo, la embelesada mirada que le estaba dirigiendo en aquellos momentos sembró de dudas la mente de Stefano. Hasta que le había puesto aquella ridícula demanda exigiéndole cien millones de libras de su fortuna, Anna era la última persona de la que habría podido llegar a sospechar que fuera una cazafortunas. Jamás habría imaginado que pudiera tener un plan oculto. Él, que jamás había confiado en nadie desde que su abuelo había muerto, había llegado a confiar plenamente en ella.

Anna movió la cabeza.

–No recuerdo todo –susurró sin dejar de acariciar la mejilla de Stefano–. Solo que pasábamos muchos días juntos en la oficina y muchas noches haciendo el amor. No recuerdo haberme enamorado de ti, pero sé que me enamoré. Lo sé. Lo siento con tanta claridad como siento los pelitos de tu barba en la palma de mi mano.

Entonces cerró los ojos y acercó sus labios a los de Stefano para besarlos.

Stefano la tomó con una mano por la nuca y la retuvo contra sí para profundizar el beso mientras su mente y su corazón se enzarzaban en un agitado debate. ¿Anna estaba hablando de amor? ¿De amor? Aquella era una palabra que ninguno de los dos había utilizado nunca.

No era de aquello de lo que había tratado su matrimonio.

Pero, entonces, ¿de qué había tratado?

De puro y visceral deseo. De la instintiva y primaria necesidad de un compañero. De una pareja. De alguien con quien reproducirse.

Hacía tiempo que él quería tener hijos. Aquella sería la guinda para el delicioso pastel en el que se había convertido su vida. Sus odiados primos no habían triunfado como él, pero todos tenían un montón de hijos, y siempre había querido restregarles por la cara que él tampoco iba a quedarse atrás en aquel terreno.

Cuando Anna declaró que si quería meterla en su cama tendría que casarse antes con ella, él supo de inmediato que iba a ser la madre de sus hijos. No había otra más adecuada. Trabajaban fantásticamente juntos, compartían una química asombrosa y ya conocían sus mutuos defectos. Si no tenía sus hijos con ella, ¿con quién habría podido tenerlos?

Pero el amor era para tontos románticos que necesitaban poner un nombre a su deseo en lugar de aceptarlo por lo que era: pura y simple química.

La única persona que le había mostrado alguna vez amor o afecto había sido su abuelo. Cuando murió, Stefano aprendió rápidamente que él no era una persona que inspirara afecto a los demás. Cuando creció y empezó a atraer la atención de las mujeres descubrió los placeres del sexo, pero supo que aquello solo se debía a sus atributos físicos. Si hubieran podido verlo de verdad, sin aquel caparazón, se habrían sentido repelidos.

Anna era la única persona que había visto lo que había debajo de aquel caparazón y aún lo apreciaba. Jamás lo había rechazado. Había logrado enfurecerla en varias ocasiones, pero no había salido corriendo.

A su manera, Anna también era una inadaptada, y se habían entendido entre sí como nadie más podría haberlo hecho.

Pero cuando lo acusó de haberle sido infiel, lo humilló y lo dejó plantado de forma tan espectacular, no tuvo más remedio que reconocer que todo había sido una mera patraña. En realidad sí le había repugnado lo que había visto en él, pero había necesitado tiempo para tenerlo donde quería antes de asestarle el golpe definitivo.

¿Habría planeado todo aquello desde el principio o, poco a poco, con el paso del tiempo?

Las cosas se estaban volviendo muy confusas en su mente, y necesitaba centrarse. No podía permitir que lo que estaba sucediendo entre ellos enturbiara su capacidad de discernimiento.

Los sentimientos que Anna estaba interpretando en aquellos momentos como amor eran justo lo contrario: odio. El odio era la única explicación del comportamiento de Anna. Si hubiera sentido al menos una pizca de amor por él nunca habría seguido adelante con su plan.

Y ahora él la aborrecía a ella, y su propio plan estaba saliendo adelante mejor de lo que había esperado.

Stefano trató de ignorar la inquietud que sentía y se concentró en el deseo que ardía entre sus piernas. Sacó a Anna de la bañera en brazos y la llevó de vuelta al dormitorio envuelta en una gran toalla.

Pasaron el día haciendo el amor, pero, durante los ratos en que dormitaban, Stefano no logró apartar de su cabeza la vocecilla que no paraba de decirle que su plan corría el peligro de ser descubierto.

Tras un largo debate interior, Anna eligió un vestido de seda sin mangas color verde pera con cinturón que caía como una cascada de hojas hasta sus rodillas. También encontró en el impresionante vestidor del dormitorio un precioso vestido rojo que decidió ponerse al día siguiente para la ceremonia de entrega de premios. No había duda de que Stefano no había reparado en gastos en todo lo referente a ella.

Los cuatro días que habían pasado a solas en Santa Cruz habían revelado una faceta de Stefano que Anna no había conocido hasta entonces. No solo era un amante increíblemente considerado, sino que también era considerado en los pequeños detalles, como ofrecerle la mano cuando salía de la piscina, o llevarse su toalla de playa a unos metros para sacudirle la arena, o adelantarse a sus necesidades con mil pequeños detalles. Todo aquello le hizo llegar a pensar que se había equivocado al creer que se había casado con él en un momento de locura.

Era evidente que casarse con Stefano era lo mejor que había hecho en su vida. Solo faltaban unos días para su primer aniversario, lo que significaba que debían de haber sido felices y que Stefano había mantenido su promesa de fidelidad. Y deseaba fervientemente tener algo más que meros recuerdos fotográficos de aquella época.

Debía encontrar un regalo de aniversario para él. Al día siguiente por la mañana iban a San Francisco, donde por la tarde iba a tener lugar la entrega de Premios de la Industria. Tendría que buscar algún modo de escabullirse un rato para comprarle algo.

El vestidor incluía también un auténtico paraíso del calzado y, tras probarse media docena, optó por unos zapatos de color beis con unos altos y afilados tacones incrustados de diamantes, algo que ella no se habría podido permitir a menos que hubiera ahorrado tres meses de sueldo.

Contempló su reflejo con satisfacción una vez más y salió del vestidor.

Encontró a Stefano sentado en el borde de la cama, leyendo algo en su móvil.

Al oírla entrar volvió la cabeza y una lenta sonrisa de evidente aprecio distendió su atractivo rostro.

–Estás preciosa, *bellissima* –cuando bajó la mirada hacia los pies de Anna frunció ligeramente el ceño–. ¿Te parece adecuado llevar unos tacones altos en tu estado?

–¿Qué estado?

–Has sufrido una conmoción grave –le recordó Stefano.

–Me siento bien... –dijo Anna, pero mientras pronunciaba aquellas palabras, algo afloró en su memoria, otra de las sensaciones de *déjà vu* que estaba experimentando.

Estado...

–¿He estado embarazada?

Stefano frunció el ceño.

–No. ¿Qué te ha hecho pensar en eso?

–No lo sé –Anna parpadeó y agitó la cabeza.

Stefano se puso en pie y se acercó a ella.

–¿Te encuentras bien? –preguntó a la vez que apoyaba una mano en su hombro.

Anna asintió, pero enseguida volvió a negar con la cabeza. Había algo en sus recuerdos deseando salir a al luz, pero no lograba discernir de qué se trataba. Lo único que sabía era que era un mal recuerdo.

Respiró temblorosamente.

–¿Estás seguro de que no he estado embarazada?

–Totalmente. Hablamos de tener hijos en el futuro. ¿Estás recuperando recuerdos relacionados con eso?

–No sé qué estoy recordando –Anna suspiró–. No hay nada claro en mi cabeza.

–Date tiempo. Tus recuerdos volverán.

–No paras de decir eso, ¿pero y si no vuelven?

–Volverán –Stefano movió la mano que tenía en el hombro de Anna y la dejó apoyada en la curva de su cuello sin dejar de mirarla.

Anna experimentó una sensación tensa y a la vez fluida que fue recorriendo cálidamente su cuerpo; era intensamente consciente de la cercanía de Stefano, del calor que emanaba de su cuerpo.

Una simple caricia bastaba para convertirla en su esclava.

Lo rodeó por el cuello con un brazo.

–¿Para qué hora has reservado la mesa?

La mejor manera de alejar de su mente la oscura incertidumbre que merodeaba su cerebro era haciendo el amor. Las caricias de Stefano siempre lograban alejar sus temores.

Stefano rio roncamente junto a su oído.

–Ya llegamos tarde.

Capítulo 8

EL RESTAURANTE al que acudieron no estaba lejos de la casa. A Anna ya le encantaba el vecindario, un lugar tranquilo con todos los servicios necesarios, muy adecuado para disfrutar de la cultura y la diversión y para criar niños.

¿Por qué no dejaba de pensar en niños? ¿Y por qué experimentaba una punzada de dolor en el pecho cada vez que lo hacía?

Se esforzó por apartar aquellos pensamientos de su cabeza. Aquella era su última noche en Santa Cruz y quería disfrutar de cada minuto que quedaba.

El restaurante Thai Emerald se encontraba localizado en la bulliciosa zona que se hallaba frente a la playa. Un camarero los condujo a la planta alta y los acomodó a una mesa desde la que se divisaba el mar. Tras entregarles la carta y tomar nota de lo que querían beber los dejó a solas.

Anna leyó la carta con una sensación de satisfacción que no recordaba haber tenido desde su infancia.

–Pareces feliz –comentó Stefano con una sonrisa.

Anna le dedicó una mirada radiante.

–La comida Thai siempre ha sido una de mis favoritas.

–Lo sé.

–¿Cocinamos alguna vez nosotros?

–No.

La respuesta de Stefano fue tan rotunda que Anna rio.

–Melissa siempre cocinaba y yo recogía... –su voz se fue apagando al pensar en su hermana.

–Eres bastante maniática del orden –dijo Stefano con una sonrisa–. Pero eso no tiene nada de malo. Yo soy igual.

El camarero acudió a la mesa con el vino y lo sirvió en sus vasos. Tras tomar nota de lo que iban a comer se fue.

–He pensado en ponerme en contacto con Melissa en cuanto volvamos a Londres.

–Creía que ibas a esperar a que volviera de su viaje.

–Me volvería loca esperando tanto. La echo de menos –Anna suspiró–. Pero me siento traicionada. Necesito saber por qué tomó la decisión de irse a Australia. ¿Después de todo lo que nos ha hecho mi madre decide irse a celebrar un cumpleaños con ella? Nos abandonó. Me dejó al cuidado de Melissa cuando solo tenía catorce años para irse a vivir al otro lado del mundo con un hombre al que había conocido hacía solo unos meses. ¿Qué clase de madre es capaz de hacer algo así?

¿Cuántas veces habría escuchado aquello Stefano?, se preguntó Anna al ver que no respondía.

A Anna no le gustaba hablar con otras personas sobre su madre porque cuando lo hacía solía recibir miradas suspicaces. Casi parecía que los que se enteraban de que su madre la había abandonado poco después de la muerte de su marido se preguntaban qué clase de hija habría sido ella para provocar aquella deserción.

Pero Stefano era su marido, de manera que lo lógico era que se hubiera abierto a él sobre ese tema. Y en aquellos momentos estaba escuchando una historia que debía de haberle contado ya varias veces.

–A menudo me pregunto qué habría pasado si no me hubiera negado a irme con ella. Pero creo que nuestra relación no habría sido diferente, al margen de que mi hermana habría estado en la otra punta del mundo. Melissa no habría podido irse porque acababa de empezar sus estudios en la universidad y estaba comenzando su vida de adulta. Yo no quería dejarla a ella ni a mis amigos. Y tampoco a mi padre.

–Pero tu padre estaba muerto –dijo Stefano con suavidad–. ¿No querías que tu madre volviera a ser feliz?

–Por supuesto que sí, pero era demasiado pronto. La muerte de mi padre fue tan repentina... –su padre murió a causa de la caída de un muro en una obra de la que era encargado–. Si mi madre había amado a mi padre, ¿cómo pudo empezar a salir con Mick apenas un mes después de haberlo enterrado? ¿Y cómo fue capaz de dejar atrás a una hija de catorce años para poder irse?

–Sabía que Melissa se ocuparía de ti.

–Melissa solo tenía dieciocho años. No debería haber cargado sobre ella aquella responsabilidad –Anna respiró profundamente para tratar de mantener la compostura y contener las lágrimas que amenazaban con caer de sus ojos–. Se quedó tan destrozada como yo por lo que estaba haciendo mamá. Yo me negué a irme con ella porque pensé que si lo hacía mi madre se quedaría. No quería perderla. Creí que se quedaría hasta que su avión despegó.

El dolor que experimentó Anna cuando constató que su madre se había ido fue indescriptible. Se sintió como si le hubieran atravesado el corazón con mil puñales.

Se produjo un largo silencio antes de que Stefano tomara la mano de Anna y la mirara con expresión comprensiva.

–¿Cuándo viste a tu madre por última vez?

–Vino a Inglaterra para mi dieciséis cumpleaños. Esa fue su primera y última visita. Solo era capaz de hablar de lo bien que estaba en Australia y de lo bueno que era Mick con ella. Tuvimos una terrible discusión. Nos llamó «brujas egoístas» a Melissa y a mí y dijo que se alegraba de haberse librado de nosotras. Regresó a Australia antes de lo que tenía planeado.

Por la expresión conmocionada de Stefano, Anna dedujo que no conocía aquella parte de la historia.

–¿No has vuelto a ponerte en contacto con ella desde entonces?

–Nos manda postales y regalos por Navidad, y ha escrito un par de cartas, pero eso es todo.

–¿Qué decía en las cartas?

–No lo sé. Las quemamos sin leerlas.

El camarero regresó en aquel momento con el primer plato y Anna no pudo evitar sentir una punzada de culpabilidad por haberse puesto a hablar de aquello. A pesar de sus buenas intenciones, corría el peligro de arruinar su última noche en Santa Cruz.

–Llevas demasiado tiempo enfrentándote a esa situación –dijo Stefano–. ¿No crees que ya es hora de hablar seriamente con tu madre y tratar de arreglar las cosas?

–Tú no tienes intención de arreglar las cosas con tu familia –replicó Anna, dolida.

–Eso es distinto. Jamás perdonaré cómo me trataron. Nunca se ocuparon ni se preocuparon por mí, pero tu madre sí.

–Me abandonó –dijo Anna–. ¿Cómo pudo haberse ocupado de mí?

–Tú misma has dicho que erais una familia normal antes de que tu padre muriera. Tu madre te quería entonces.

–Yo era una menor. Había perdido a mi padre, estaba en al pubertad, mi cabeza y mis emociones eran un caos. La necesitaba. Melissa debería haber pasado sus años universitarios como una estudiante normal, no teniendo que responsabilizarse de su hermana adolescente sin contar con el apoyo de nadie. ¿Cómo puedes buscar excusas para algo así?

–No lo estoy haciendo, pero está claro que Melissa cree que merece la pena intentarlo, y tú confías en ella.

–Pero eso es lo que no entiendo. ¿Qué hizo cambiar de opinión a Mel? Odia a mamá tanto como yo. Siempre hemos pensado que estamos mejor sin ella.

–¿Seguro que no la echas de menos?

Aterrorizada ante la perspectiva de romper a llorar, Anna tomó un bocado de su plato y se concentró en no llorar.

No volvió a hablar hasta que se sintió más controlada.

–Lo siento. No pretendía estropear la tarde.

–No lo has hecho –dijo Stefano, pero sus ojos habían perdido el brillo.

Anna se obligó a sonreír.

–No me dejes estropear el resto.

–Anna...

–No –Anna apoyó una mano en la de Stefano y la estrechó un momento–. Podemos hablar de esto cuando volvamos a Londres y a la realidad, pero los días que hemos pasado aquí han sido muy especiales para mí. Estamos creando buenos recuerdos y no quiero que mi madre los estropee.

Un destello de oscuridad cruzó la expresión de Stefano un instante antes de que esbozara la sonrisa que tanto gustaba a Anna.

–Tenemos toda la noche para crear recuerdos aún mejores.

Ya había anochecido cuando salieron del restaurante.

Tras la conversación sobre la madre de Anna, Stefano se había dedicado a hablar y cotillear sobre la industria y sus rivales, haciéndole reír en alto más de una vez.

Pero, una vez fuera, con el fresco aire de la noche acariciando su piel, Anna volvió a pensar en su madre.

Ya hacía diez años que tenía aquella herida abierta.

¿Las habría echado su madre tanto de menos como ellas la habían echado de menos a ella?

A pesar de que la había abandonado cuando solo tenía catorce años, lo cierto era que aún la echaba mucho de menos. Stefano no se había equivocado al decir aquello.

Hasta que se marchó siempre fue una madre cariñosa. Siempre estaba ocupada, pero siempre tenía una sonrisa en los labios para ella y para su hermana.

–Estás muy callada –murmuró Stefano a su lado.

Iban tomados de la mano y Anna estrechó la de Stefano.

–Lo siento.

–No lo sientas. ¿En qué estabas pensando?

–En nada excitante –contestó Anna.

Sin previa advertencia, Stefano le soltó la mano, la tomó por los hombros, la atrajo hacía sí y la besó apasionadamente.

Con la misma rapidez, se apartó y volvió a tomarla de la mano.

–Seguro que ahora son un poco más excitantes –murmuró son una sonrisa.

Y no se equivocaba.

Para cuando llegaron de vuelta a la casa de la playa lo único que tenía Anna en mente era hacerle el amor.

Una vez en el vestíbulo, Stefano volvió a besarla, aunque un rato más largo.

–Espérame en el solárium mientras preparo unas bebidas.

Las luces del solárium estaban apagadas. Tan solo estaba iluminado por las luces nocturnas que rodeaban la piscina y atravesaban las paredes de cristal. Todo ello confería al solárium una cualidad romántica que encajaba con el estado de ánimo de Anna y su deseo de una última noche perfecta en aquel lugar.

Stefano regresó un minuto después con dos copas de vino blanco. Se acercó a Anna, que estaba contemplando el oscuro océano y le entregó una copa.

–¿No te duelen los pies?

Sorprendida por la pregunta, Anna bajó la mirada hacia sus fabulosos zapatos.

–Lo cierto es que me están matando.

Stefano hizo un gesto de desaprobación.

–Lo suponía. Siempre te pones zapatos tontos.

–No son tontos –dijo Anna en un tono de burlona indignación–. Lo único que sucede es que me gustan los zapatos bonitos.

–Tienes otros zapatos bonitos mucho más cómodos.

–Si me pongo tacones la gente deja de tropezarse conmigo –dijo Anna con cara de póquer.

Stefano alzó la ceja izquierda de la manera que siempre hacía reír a Anna y bebió un largo trago de su copa antes de dejarla en la mesa redonda que había en el centro de la habitación. Luego tomó la mano de Anna y la guio hasta el sofá redondeado que tanto se parecía a una cama.

–Siéntate –ordenó.

–Mandón –dijo Anna, y se tomó un momento para beber un poco de vino antes de obedecer.

Stefano se sentó a su lado, la tomó por los tobillos y le colocó los pies en su regazo. Después le quitó con delicadeza los zapatos.

–Alguien tendrá que cuidar tus pies si tú no lo haces. Tienes suerte de haberte casado con un hombre que da fantásticos masajes de pies.

–¿Y cómo sabes que son fantásticos?

–Porque me lo dijiste tú –Stefano movió la cabeza con expresión paciente–. Siempre insistes en llevar zapatos tontos y luego te quejas de que te duelen.

La respuesta que tenía Anna en la punta de la lengua se apagó cuando Stefano presionó los pulgares contra la planta de sus pies y los deslizó lentamente hacia sus dedos.

Stefano percibió el brillo de sus ojos mientras seguía con el masaje y experimentó un estremecimiento de satisfacción. A Anna le encantaba que le masajeara los pies y en aquellos momentos nada le apetecía más que complacerla y alejar los recuerdos que sabía que la estaban agobiando.

Habría dado cualquier cosa por haber evitado que hablara mientras cenaban. No le había gustado ver cómo sufría.

Pero no podía dejarse llevar por el afán de consolarla y alejar sus demonios. Sentía que estaba perdiendo el control de la situación y estaba decidido a recuperarlo.

–Apoya la cabeza y relájate.

Con una sonrisa de complicidad en los labios, Anna dejó su copa en el suelo y luego descansó la espalda y la cabeza contra el respaldo del sofá.

Tras masajearle un rato el pie izquierdo, Stefano dedicó su atención al derecho.

Anna suspiró y cerró los ojos, dejándose hacer.

Cuando Stefano consideró que ya le había masajeado lo suficiente las plantas de los pies, la tomó por un tobillo, deslizó la mano hacia su suave pantorrilla y la presionó varias veces con delicadeza. Luego llevó la mano más arriba y apartó el vestido al alcanzar su muslo.

Anna cerró los ojos y permaneció muy quieta mientras Stefano subía lentamente por la zona interior de su muslo, evitando deliberadamente su parte más íntima, jugando con ella, atormentándola.

Su respiración se volvió más agitada cuando Stefano prestó su atención al otro muslo y realizó la misma operación.

Tras alcanzar con aquella mano la cadera de Anna, enganchó un dedo en un lateral de sus braguitas y tiró de ellas hacia abajo. Cuando el delicado y rizado vello oscuro que había entres sus piernas quedó expuesto, Anna abrió los ojos.

Había tal deseo y confianza en aquella mirada... Cuando lo miraba así, en lo único en que lograba pensar Stefano era en que quería seguir así con ella para siempre.

Pero ya era demasiado tarde para aquello. Demasiado tarde para borrar el pasado. Planeaba destruirla al día siguiente, pero aquel sería su último regalo para ella.

Tiró las braguitas al suelo, tomó a Anna por los tobillos y le separó las piernas con delicadeza. Anna cimbreó las caderas y Stefano apoyó una mano en su vientre para calmarla mientras besaba la parte interior de su muslo.

Cuando llevó la boca al centro de su deseo, Anna se sobresaltó como si hubiera recibido una descarga eléctrica.

Stefano aspiró el aroma de su sexo, un aroma del que nunca se había cansado, del que nunca podría cansarse.

Con infinita delicadeza, refrenando a duras penas su ardor, besó y acarició con la lengua los labios del sexo de Anna para abrirla gradualmente a él.

Las respiraciones de Anna se volvieron más intensas y agitadas a la vez que unos deliciosos gemiditos escapaban de su boca. Un momento después arqueó la espalda y todo su cuerpo se estremeció.

Solo cuando estuvo seguro de que su orgasmo había terminado, Stefano se irguió y se situó sobre ella con ambas manos a los lados de su cabeza.

Durante aquellos días habían hecho muchas veces el amor, y habían experimentado todo tipo de cosas, pero Anna sintió que había algo distinto en aquella ocasión. Abrir los ojos y mirar a Stefano en aquellos momentos fue una de las cosas más duras que había hecho en su vida.

Mientras los abría supo que lo que más temía era no ver lo que tan desesperadamente quería ver en la mirada de Stefano. Amor.

Tragó convulsamente y lo miró a los ojos. Si no amor, sí había una intensa ternura en las oscuras profundidades de sus ojos, y aquella ternura colmó su pecho de tal modo que lo rodeó con los brazos por el cuello y lo atrajo hacia sí para darle un largo y profundo beso.

–Tienes demasiada ropa puesta –murmuró Stefano contra sus labios.

–Y tú –replicó Anna.

Unos instantes después, ya completamente desnudos, Stefano volvió a situarse sobre Anna y la contempló con expresión extasiada.

–*¡Dio!* Eres tan preciosa y tan sexy.

Tumbada de espaldas en la cama, Anna alzó instintivamente los brazos por encima de su cabeza, deleitándose con la mirada de ardiente deseo de Stefano.

Un instante después, incapaz de contenerse más, Stefano la penetró de un solo y largo empujón. La tomó con una pasión casi desenfrenada, haciéndole alzar las caderas para penetrarla más y más profundamente, más y más rápido cada vez.

Anna apenas tardó en volver a alcanzar el orgasmo y, cuando Stefano alcanzó el suyo con un ronco gemido de intenso placer, ella lo mordió en el hombro y lo estrechó contra su cuerpo con todas sus fuerzas.

Durante un rato, lo único que se escuchó fue el sonido de sus agitadas respiraciones y los intensos sonidos de sus corazones latiendo al unísono.

La sensación de dicha que experimentó Anna fue indescriptible.

Finalmente, Stefano retiró su peso de Anna para tumbarse a su lado y ella se colocó de costado para poder apoyar la cabeza en su pecho.

–Me alegra tanto haberme casado contigo –murmuró–. Volvería a hacerlo otra vez encantada.

La respuesta de Stefano fue estrecharla con fuerza con su brazo y besarla en lo alto de la cabeza.

Capítulo 9

ANNA llevó su bol de cereales con leche al estudio de Stefano.

Por una vez, Stefano se había levantado antes que ella y le había hecho al amor antes de decirle que tenía que atender una videoconferencia y ocuparse de algunos asuntos del trabajo.

Lo encontró rebuscando unos papeles en un armario y hablando a solas. Anna necesitó un momento para darse cuenta de que estaba manteniendo una videollamada con alguien en su portátil.

Stefano alzó una mano a modo de saludo y le dedicó un guiño mientras continuaba con su conversación en rápido italiano con una mujer que Anna no podía ver en la pantalla del ordenador desde donde estaba.

Para cuando Stefano terminó la conversación ella había acabado sus cereales y dejo el bol en la mesa.

–¿Quién era? –preguntó.

–Mi hermana –Stefano se acercó a ella y la besó.

Anna lo rodeó con los brazos por el cuello.

–¿Se encuentra bien?

–No le gustan sus vecinos. Al parecer son tres jóvenes estudiantes que arman mucha bulla y no hacen caso de sus quejas.

–¿Y qué vas a hacer con ellos? ¿Romperles una pierna? –bromeó Anna.

–Creo que una carta de amenaza bastará –murmuró Stefano contra sus labios.

Ella le mordió el labio inferior.

–Buena idea. Es mejor no empezar rompiendo piernas.

Stefano rio y retiró los brazos de Anna de su cuello.

–Tengo otra videoconferencia que atender. Dame una hora y vuelvo a la cama antes de que nos marchemos.

–¿No me necesitas aquí? –preguntó Anna, que nunca se había perdido una videoconferencia desde que trabajaba para Stefano.

–¿No llevas las braguitas puestas? –preguntó él con una lasciva mirada.

Anna se volvió y se levantó la falda para enseñarle su redondeado y sensual trasero desnudo.

–Puedo sentarme en tu regazo si quieres.

–Puedes sentarte en mi regazo cuando quieras, pero no durante la conferencia –murmuró Stefano mientras la empujaba juguetonamente para que se apartara–. Y ahora vete.

–Vale, vale. Sé cuándo no soy bienvenida.

La severa mirada que le dedicó Stefano le hizo reír.

Se alejó hacia la puerta balanceando deliberadamente las caderas, pero se detuvo antes de salir cuando un pensamiento cruzó su mente.

–¿Qué tal me llevo con Christina?

Stefano frunció el ceño.

–Lo pregunto porque... bueno, me avergüenza reconocerlo, pero cuando la vi salir de tu coche la semana pasada me sentí como si un cuchillo me estuviera atravesado el corazón.

–¿Qué quieres decir?

–Supuse que era tu última conquista –Anna captó un repentino oscurecimiento de la mirada de Stefano y añadió rápidamente–: No olvides que no sabía que estábamos casados y ya estaba acostumbrada a la larga hilera de tus conquistas. No entendí por qué me dolió tanto verte con lo que creía que era una de ellas.

Stefano se esforzó por no mostrar ninguna reacción. Mentir a Anna resultó fácil cuando acababan de diagnosticarle la amnesia. Aún no recordaba que había conocido a su hermana el día que regresó inesperadamente a su piso en Londres y se encontró con Christina en bata. Ya que ella no hablaba italiano y Christina no hablaba inglés, Anna asumió lo peor.

Recordó cómo le había descrito su hermana la situación.

–Se puso intensamente pálida –había explicado Christina–. Pensé que iba a desmayarse. Traté de hablar con ella, pero no me entendía; no dejaba de mover la cabeza como si acabara de ver algo horrible, y a continuación giró sobre sus talones y se fue.

¿Sonaba aquello como la reacción de una mujer que hubiera estado calculando cómo aprovecharse de la situación?, se preguntó Stefano.

Pensando en ello con la perspectiva que daba el tiempo, la respuesta era no.

–Tú y Christina tenéis la barrera del idioma –dijo.

Anna lo miró con la expresión de alguien que supiera que le estaban ocultando algo. Luego se encogió de hombros.

–Puede que eso me dé el impulso necesario para empezar a aprender italiano.

Stefano se vio salvado de tener que seguir hablando

de su hermana cuando sonó un timbre en su ordenador para indicar que la conferencia estaba a punto de empezar.

Anna volvió a encogerse de hombros y sonrió.

–Creo que ha llegado el momento de marcharme. Que te diviertas.

Cuando Anna cerró la puerta a sus espaldas, Stefano ocupó su asiento tras el escritorio para aceptar la llamada. Mientras esperaba a que los demás se unieran a la conexión, se frotó la frente con una mano.

El juego al que había estado jugando, la venganza que había estado planeando, le estaban dejando un mal sabor de boca.

Había aprendido más de su esposa durante aquella última semana que en todo su matrimonio. Antes del día en que se presentó en su sala de juntas y lo humilló, jamás se le habría ocurrido pensar que era una cazafortunas. Sus instintos le estaban gritando que, de algún modo, de alguna manera, todo era un error.

Aquella era Anna, la mujer que había deseado y admirado desde su primer encuentro. La mujer en la que había confiado lo suficiente como para comprometerse con ella...

Experimentó algo muy parecido a las náuseas. Faltaban pocas horas para que su venganza se cumpliera, pero lo cierto era que no podía seguir adelante con aquello.

En cuanto terminara la conferencia llamaría a Miranda, la periodista en la que había puesto su confianza, y le diría que se olvidara por completo de la declaración de prensa que le había pedido que publicara.

Tras recoger su premio aquella noche, se sentaría con Anna y le contaría la verdad sobre todo.

La mente de Anna se llenó de recuerdos cuanto entraron en el apartamento de Stefano en San Francisco. Desde su llegada a Santa Cruz había ido recuperando diversos recuerdos, pero su memoria seguía pareciendo un rompecabezas gigante al que aún faltaban muchas piezas.

–¿Cuándo compramos ese nuevo sofá? –preguntó, sorprendida al ver un sofá blanco donde solía haber uno marrón.

–Hace unas semanas se estropeó y lo cambiamos –dijo Stefano mientras se encaminaba a la cocina–. ¿Te apetece un té?

Anna lo siguió. Desde que había mantenido la conferencia aquella mañana, había percibido una tensión en el rostro de Stefano que no estaba antes. Cuando había querido saber qué le preocupaba, Stefano le había dicho que era algo relacionado con el trabajo, pero que no quería hablar de ello hasta después de la ceremonia de entrega de premios.

–Estoy seguro de que tus recuerdos van a ir llegando cada vez más rápido –dijo Stefano, que, tras sacar dos tazas y dejarlas en la encimera, se volvió hacia Anna y la rodeó con los brazos por la cintura.

–Aún hay muchos agujeros, pero se van llenando –al ver la traviesa expresión con que la miró Stefano, Anna comprendió que en su mente había una ruta completamente diferente.

–Tienes una mente muy sucia, Stefano Moretti.

Stefano inclinó la cabeza hacia su cuello y le mordisqueó el lóbulo de la oreja.

–Y a ti te encanta.

Sí. Pensó Anna. Sí. Le encantaba. Le encantaba Stefano. Y aún más. Lo amaba

¿Pero acaso no sabía ya que lo amaba? Resultaba liberador reconocer la verdad ante sí misma.

Quería a Stefano con todo su corazón.

Apoyó la cabeza contra su pecho y aspiró su aroma antes de tirar de su camisa para poder deslizar una mano por su espalda.

Las palabras bailaron en su lengua, pero logró contenerlas.

La última vez que recordaba haberlas dicho fue a su padre, minutos antes de que le retiraran la respiración asistida.

Stefano la tomó del pelo por detrás y tiró con delicadeza de su cabeza.

–¿No quieres té?

–No tengo sed –Anna empezó a desabrochar los botones de la camisa de Stefano. Era posible que no se sintiera capaz de decirle que lo amaba, pero podía demostrárselo–. Pero estoy hambrienta.

Mientras Anna era atendida por la esteticista que ofrecía el servicio de apartamentos, Stefano marcó el teléfono de Miranda en su móvil.

Aún no había podido ponerse en contacto con ella. Ya le había dejado tres mensajes y le había enviado dos correos. Cuando Anna había desaparecido durante dos horas para comprar algunos artículos de tocador que necesitaba, lo había intentado de nuevo sin éxito.

Miranda Appleton era la editora jefe de una de las revistas de celebridades más populares del país. Miranda y su equipo estaban al tanto de todo lo relacionado con las celebridades, y un millonario de éxito como Stefano era considerado una celebridad en aquel mundillo. La había elegido para su plan porque, a pesar de su falta de escrúpulos, era una mujer de palabra que no rompería el encargo

Pero, al parecer, nadie sabía dónde estaba.

Su llamada se vio desviada una vez más al buzón de voz.

–Soy Stefano –siseó junto al auricular–. Quiero anular lo que teníamos planeado. Me retracto de mi declaración. No puedes publicarla. Llámame en cuanto puedas.

Inquieto, fue a servirse un whisky mientras esperaba a Anna en el cuarto de estar. Lo tomó de un trago y se sirvió otro.

Las dudas que se habían ido amontonando en su mente desde su llegada a California no habían dejado de aumentar. Sin embargo, siempre regresaba a la maldita carta del abogado de Anna en la que le exigía una enorme parte de su fortuna. Hubiera lo que hubiese en su cabeza en aquellos momentos, era ella quien había interpuesto la demanda. No podía permitir que el fantástico sexo que habían compartido enturbiara su mente.

Su plan había funcionado a la perfección. Había seducido a Anna, que incluso había llegado a decirle que habría vuelto a casarse con él. Aquello debería haberlo colmado de satisfacción, pero no había sido así.

Nunca en su vida se había sentido tan indeciso.

Estaba acostumbrado a mantener la cabeza fría y a no cambiar de opinión una vez tomada una decisión. Pero lo cierto era que había aprendido más sobre su esposa durante aquella semana que en todo su año de matrimonio, y sus instintos le decían que no podía seguir adelante con su plan.

¿Pero dónde estaba Miranda? ¿Habría recibido sus mensajes?

La declaración debía aparecer *online* mediada la ceremonia.

Al escuchar unos pasos que se acercaban, se volvió hacia la puerta.

Anna entró en la sala serenamente, como una diosa emergiendo de la concha de una ostra.

Stefano se quedó sin aliento.

Llevaba un vestido largo rojo de encaje que caía hacia sus pies como la cola de una sirena. La parte delantera en forma de V mostraba un atisbo de cremoso escote. Sus brazos desnudos relucían. Su rostro estaba sutilmente maquillado excepto por los labios, del mismo color que el vestido, y su oscuro pelo, reluciente como el azabache, caía en cascada en torno a sus hombros.

Extendió los brazos y giró lentamente sobre sí misma.

–¿Y bien?

Stefano tuvo que carraspear para poder hablar.

–Creo que voy a ser la envidia de todos los hombres que asistan a la ceremonia.

Los ojos de Anna sonrieron.

–Cuando encontré este vestido en el armario de nuestra casa no podía creerlo. ¿Me lo compré para esta noche?

–Supongo que sí. Solo he ido una vez de compras contigo.

Anna sonrió.

–Lo recuerdo. ¿Tan mal lo pasaste?

–Lo he pasado mejor viendo rellenar sobres.

–Nunca había ido de compras con una tarjeta de crédito ilimitado –Anna hizo un encantador mohín–. ¿Puedes culparme por haberme dejado llevar?

Stefano movió la cabeza mientras recordaba la pasión con la que Anna había entrado en las boutiques a las que la había llevado. Prácticamente le había arrancado la tarjeta de las manos antes de salir corriendo hacia la ropa.

Pero también recordaba una ocasión anterior a su matrimonio en la que la había encontrado haciendo cálculos con un papel y un lápiz para ver si podía permitirse pasar un fin de semana en Dublín con su hermana Melissa. Cuando él se ofreció a pagarlo, ella se negó en redondo. Ni siquiera quiso discutirlo. Durante el periodo que llevó hasta aquel fin de semana Stefano notó que llevaba su propia comida de casa en lugar de comer en la cafetería de la empresa, y admiró que estuviera dispuesta a recortar sus pequeños gastos para conseguir un objetivo mayor.

Anna solo estuvo dispuesta a aceptar su dinero después de casarse con él, y tan solo lo gastó en comprar ropa, que era su diversión favorita.

–¿Dónde habías dicho que iba a tener lugar la entrega de premios? –pregunto Anna.

–En el Grand Palace Hotel.

Anna permaneció un momento en silencio

–¿El Grand Palace Hotel? –repitió a la vez que se volvía hacia un espejo.

–Sí. Hace cinco años que se celebra allí. ¿Qué estás mirando?

–Quería comprobar si llevaba los labios bien pintados –contestó Anna, pero lo hizo en un tono mecánico, sin pensarlo, y Stefano notó que estaba pensando en algo muy distinto.

–¿Qué sucede?

Tras unos segundos, Anna parpadeó y movió la cabeza. Sonrió, pero fue una sonrisa forzada.

–Nada. ¿Nos vamos ya?

Consciente de que si tardaban más en salir llegarían tarde, Stefano la tomó de la mano y salieron del apartamento.

Un ligero revoloteo en la boca del estómago de Stefano fue la única indicación de que algo iba mal.

Capítulo 10

EN EL trayecto al hotel, Anna tuvo que hacer verdaderos esfuerzos para mostrarse interesada por la conversación de Stefano, que le estaba hablando del nuevo proyecto en el que quería meterse con la empresa.

Cuando le había dicho que iban al Grand Palace Hotel, en la mente de Anna había surgido una imagen de ambos en aquel hotel, seguida de inmediato por otra en la que se vio a sí misma arrojando una jarra de agua sobre la cabeza de Stefano en su sala de juntas en Londres, delante de todos los directivos.

Para cuando llegaron al hotel habría querido pedirle al conductor que diera la vuelta. Se sentía enferma. Los recuerdos habían empezado a regresar en cascada y necesitaba sentarse en algún sitio tranquilo para ir asimilándolos.

Porque nada de aquello tenía sentido. Ya había recordado que solían discutir, algo que tampoco era de extrañar en una pareja. También recordaba haber echado de menos a Stefano cuando se iba de viaje, y los temores e inseguridades que habían despertado en ella aquellos viajes.

Lo que no había recordado hasta hacía unos minutos, y que Stefano no se había molestado en aclararle, era que lo había dejado. De hecho, se había enfrentado a él en la sala de juntas ante todos los principales directivos de la empresa. Lo que no lograba recordar era por qué.

En aquel momento se abrió la puerta del coche y los flashes de las cámaras empezaron a destellar incluso antes de que salieran. Aquella ceremonia de entrega de premios era tan prestigiosa y glamurosa como cualquiera de las que tenían lugar en aquel país relacionadas con el cine o la música, lo que atraía a la prensa como la miel a las moscas.

Anna se esforzó por mantener una expresión inescrutable mientras salía del coche y tomaba la mano que le ofreció Stefano. Avanzaron por la estrecha alfombra roja que llevaba a la entrada ignorando los gritos y preguntas de los periodistas. Anna distinguió un comentario con toda claridad.

–Los rumores han quedado acallados por la primera aparición pública de la pareja en seis semanas.

A continuación, el reportero que había dicho aquello giró en redondo y colocó un enorme micrófono ante el rostro de Stefano.

–Si pudiera elegir uno de los premios de esta noche, ¿cuál sería?

–No elegiría solo uno –contestó Stefano en tono desenfadado–. Pero da igual si ganamos o no. Moretti es la empresa líder de software en el mundo, y las nuevas tecnologías que estamos desarrollando transformaran el mundo tal como lo conocemos.

–¡Fabuloso! –dijo el periodista antes de volver el micrófono hacia Anna–. ¿Qué tiene que decirnos sobre los últimos rumores que corren sobre su matrimonio?

–¿A qué rumores se refiere? –preguntó Anna con todo el desenfado que pudo.

–A los que dicen que se han separado. ¿Debemos creer que siguen juntos?

Stefano paso una mano por la cintura de Anna y estuvo a punto de decir algo, pero Anna no estaba dispuesta a escuchar otra de sus mentiras.

Sonrió y se aseguró de utilizar un tono muy dulce cuando habló.

–Creo que nuestra presencia aquí habla por sí misma. Que pase una buena tarde.

Con un elegante asentimiento de cabeza y un gesto de saludo con la mano a la multitud de curiosos que se hallaban congregados a las puertas del hotel, Anna y Stefano entraron en el hotel escoltados por un par de robustos porteros.

Stefano no parecía haberse inmutado en lo más mínimo con los comentarios del periodista, y Anna recordó que cuando fue a verla al hospital le dijo que, como sucedía con muchas otras parejas de famosos, la prensa no dejaba de especular sobre la situación de su matrimonio.

Pero no lograba recordar lo sucedido después de la escena en la que había arrojado sobre la cabeza de Stefano todo el agua que contenía aquella jarra. Conociéndolo como lo conocía, no creía que aquello fuera algo que le hubiera perdonado fácilmente.

Si al menos tuviera algún indicio de lo que la impulsó a hacer aquello...

Pero aquel no era momento para tratar de recordar. El vestíbulo del hotel estaba lleno de grandes de la industria que querían estrechar manos, intercambiar historias y afirmar su poder individual. A pesar de todo había un ambiente bastante cordial, y la costumbre era dejar las rivalidades durante aquella noche especial, al menos superficialmente.

La mesa que tenían reservaba se hallaba directamente ante el escenario, de manera que se encontraban en el centro de atención de las cámaras. Anna mantuvo la cabeza alta mientras se reunían con los demás ejecutivos de la empresa nominados a los premios, y simuló no fijarse en las miradas de curiosidad que les dirigían. Era evidente que todos estaban al tanto de lo sucedido en aquella sala de juntas. Y también sabían que había sido fulminantemente despedida al día siguiente por su conducta y que no había vuelto a tener contacto con ningún miembro de la plantilla de la empresa ni con su marido...

Hasta la mañana en la que despertó con un fuerte golpe en la cabeza y sus recuerdos borrados.

Pero en aquellos momentos estaba recordando...

Aquello lo explicaba todo. Todas las miradas de extrañeza que había recibido al presentarse en las oficinas, la apropiación de Chloe de su escritorio, el enfado de Stefano...

Lo recordaba todo.

¡Y cómo lamentaba estar recuperando sus recuerdos! La ignorancia había sido una auténtica bendición; había supuesto una huida de la insoportable agonía en la que se había convertido su vida.

A pesar de las ganas que sentía de salir de allí corriendo, se esforzó por sonreír y interpretar lo mejor posible su papel de esposa feliz.

Cuando la empresa Moretti recibió su tercer premio de la noche y Stefano subió al escenario junto al innovador hipster cuyo cerebro se hallaba tras la mayoría de los logros, Anna aplaudió con todas sus fuerzas.

Su orgullo no le permitía demostrar en público que sentía su corazón irreversiblemente roto.

Pero no iba a poder mantener la compostura siempre.

Mediada la velada, se levantó de la mesa.

Stefano la sujetó por la muñeca.

–¿Adónde vas?

–Al servicio.

–¿No puedes esperar? –preguntó Stefano, tenso.

–¿Qué? –Anna retiró su mano con más vehemencia de la que habría querido–. No seas ridículo.

Mientras se alejaba entre las mesas fue muy consciente de las miradas y susurros que levantó a su paso.

Afortunadamente, el servicio de señoras estaba vacío. Lamentó que no hubiera una ventana por la que poder escapar, pero al menos tuvo unos momentos para tranquilizarse un poco y recuperar la compostura.

Mientras regresaba, las miradas y los susurros fueron aún más descarados. Aún quedaban algunos premios por entregar, pero, en cuanto la vio, Stefano se levantó y se encaminó hacia ella a grandes zancadas.

–Tenemos que irnos –dijo a la vez que la tomaba de la mano y prácticamente la arrastraba hacia la salida.

–Pero la ceremonia aún no ha terminado...

Stefano no contestó ni redujo la marcha. En todo caso caminó más rápido.

Si lograba entrar en el coche antes de que la prensa se fijara en ellos tendría una oportunidad. Una oportunidad de explicarse antes de que Anna se enterara de la bomba que acababa de detonar.

Fuera llovía y el viento había arreciado.

Casi lograron escapar, pues los periodistas y reporteros parecían muy ocupados mirando sus móviles y hablando frenéticamente entre ellos.

Pero entonces un conductor salió de un taxi amarillo y dijo en alto:

–¿Anna Moretti?

Stefano mascculló una maldición, consciente de que ya era demasiado tarde.

Había olvidado que entre sus instrucciones a Miranda había incluido que un taxista fuera a recogerla temprano con una foto de la pasajera que tenía que llevar. Había planeado meterla en aquel taxi como floritura final antes de cerrarle definitivamente la puerta de su vida para no volver a verla nunca más.

Su plan había funcionado a la perfección.

Pero nunca le había sabido más amargo el éxito.

Al escuchar la mención del nombre de Anna, la prensa entró en acción. Los periodistas y fotógrafos se volvieron hacia ella y apenas tardaron unos segundos en reaccionar.

Afortunadamente, el chófer de Stefano apareció en aquel mismo momento con su vehículo. Stefano abrió la puerta de inmediato y prácticamente empujó a Anna al interior. Tuvo el tiempo justo de seguirla justo antes de que los voraces periodistas y fotógrafos los alcanzaran.

Acababa de cerrar de un portazo cuando distinguió en el exterior a Miranda Appleton junto al principal fotógrafo de su revista, con una sonrisita de suficiencia en su feo y rancio rostro.

Anna permaneció paralizada como un maniquí en el extremo opuesto del asiento trasero. No miró a Stefano. Apenas parecía estar respirando.

Hicieron el trayecto en completo silencio bajo una lluvia torrencial y, cuando el coche se detuvo, Anna ni siquiera pareció darse cuenta.

–Anna –dijo Stefano con cautela–. Hemos llegado.

Anna siguió sin reaccionar. Solo lo hizo cuando Stefano trató de tomarla de la mano.

–No me toques –espetó y a continuación salió del coche sin molestarse en mirar si venía algún coche.

Stefano salió disparado por su lado y respiró de alivio al ver que no había ningún vehículo circulando.

Tal vez fue la lluvia lo que la obligó a hacerlo, pero Anna se encaminó hacia la puerta del edificio. Pasó de largo junto a los ascensores y fue hacia las escaleras. Sus tacones resonaron en los escalones con fuerza hasta que llegó a la planta diez.

No parecía haber hecho ningún esfuerzo cuando se apartó de Stefano mientras este introducía el código para entrar en el apartamento.

Una vez dentro fue directa al bar, tomó la botella más cercana, la abrió y bebió un largo trago. Luego tomó otro, se frotó la boca con el antebrazo y cerró la botella.

Solo entonces se volvió para mirar a Stefano.

Lo miró un largo momento antes de que su rostro se contorsionara hasta volverse casi irreconocible y a continuación golpeó la botella contra el mueble del bar con todas sus fuerza.

–¡Miserable! –exclamó mientras la botella estallaba a su alrededor. Luego tomó otra e hizo lo mismo.

De no haber entrado Stefano en acción, el resto de las bebidas habría seguido el mismo camino.

–¡Para, Anna! –ordenó a la vez que la rodeaba con los brazos por detrás–. Vas a hacerte daño.

Anna se removió como una gata salvaje entre sus brazos y golpeó con las piernas hacia atrás a la vez que maldecía a Stefano, qué se llevó un par de poderosas patadas en una espinilla. Hizo una mueca de dolor pero no la soltó.

En cierto modo agradeció aquel dolor. Se lo merecía.

–Deja de pelear, por favor. Sé que quieres hacerme daño. Lo sé. Y lo merezco. Golpéame, muérdeme, haz lo que quieras, pero no te hagas daño a ti misma. Hay cristales en el suelo por todos lados.

Anna siguió forcejeando un momento, pero finalmente permaneció quieta entre los brazos de Stefano. Este la soltó con cautela y se preparó para otro posible ataque.

Pero en lugar de volverse hacia él, Anna fue tambaleándose hacia el centro de la sala y se dejó caer en el suelo. Respiraba agitadamente y alzó el rostro para mirarlo. El sufrimiento y el desprecio que vio reflejados en su rostro laceraron el corazón de Stefano.

Sin decir nada, Anna se quitó los zapatos y los dejó a un lado.

Cuando finalmente habló, lo hizo en un tono casi metálico que heló la sangre de Stefano en sus venas.

–¿Has disfrutado de tu venganza?

–He tratado de frenarla –contestó Stefano, aún consciente de lo patéticas que resultaron sus palabras.

–¡Pues no parece que te hayas esforzado mucho! –Anna dejó escapar una risa casi robótica–. Creo que tu venganza ha funcionado. El implacable Stefano ha demostrado al mundo que quien juega con él corre serio peligro, incluso aunque se trate de su esposa. Mi humillación saldrá en la primera plana de todos los periódicos.

Stefano tomó la botella de bourbon, una de las pocas que había sobrevivido, la abrió y le dio un trago. El líquido quemó su garganta.

–Era demasiado tarde para impedirlo. Miranda debía de saber que yo había cambiado de opinión, pero no ha querido ponerse en contacto conmigo a pesar de todos los mensajes y recados que le he dejado.

–¿Miranda Appleton? ¿Esa bruja?

Stefano asintió y tomó otro trago de la botella.

–¿Le echas la culpa a ella? –preguntó Anna con incredulidad.

–No. El único culpable soy yo. Yo lo planeé todo. La llamé la pasada semana, un día después de tu regreso a casa del hospital, y le dije lo que quería que publicara a las nueve y media de esta noche.

–¿Y qué era lo que querías que publicara? –Anna parecía más calmada, pero Stefano sabía que estaba manteniendo el control a duras penas.

–Que los rumores sobre nuestro matrimonio eran ciertos y que mañana recibirías mi petición de divorcio.

–Querías ofrecerme un aniversario feliz, ¿no?

–En aquel momento me pareció adecuado.

–¿Y todas las veces que me has hecho el amor estos días, que me has tratado como a una princesa, que has cuidado de mí? ¿Dónde encajaba todo eso en tu plan? Supongo que querías humillarme en privado además de en público para que cada vez que pensara en Santa Cruz recordara lo estúpida que había sido y lo que me había perdido, ¿no?

Avergonzado como no lo había estado antes en su vida, Stefano se limitó a asentir.

–¿Y el taxi? ¿Adónde iba a llevarme?

–Fuera de mi vida.

Anna volvió a reír. Stefano pensó que nunca había escuchado un sonido tan lastimoso.

–En ese caso, y si debo creer que has cambiado de opinión, como dices, ¿a qué se ha debido?

–He tenido dudas.

–¿Dudas? Esa sí que es buena. ¿Dudas sobre qué?

–Sobre si verdaderamente lo habías planeado todo para conseguir sacarme todo el dinero que pudieras.

La expresión de Anna reflejó el dolor que le produjo escuchar aquello.

–¿Eso era lo que creías?

Stefano sabía que había hecho mal, lo sabía, pero ella también lo había hecho.

–Fuiste tú la que encontró a una mujer desconocida en mi apartamento y llegó a la inmediata conclusión de que te estaba engañando.

Anna movió la cabeza con expresión de incredulidad.

–Si tu hubieras llegado antes de lo esperado de un viaje y te hubieras encontrado a un hombre semidesnudo deambulando a sus anchas por la casa, ¿qué habrías pensado?

–Seguro que me habría sentido un poco suspicaz, pero no hubiera sacado de inmediato las conclusiones que tú sacaste –replicó Stefano, aún sabiendo que si hubiera sucedido algo así, lo más probable era que hubiera golpeado con el puño el rostro del hombre antes de pararse a pensar–. Te habría pedido explicaciones. Habría escuchado tu respuesta. Tú no me preguntaste nada. Decidiste que aquello te convenía. Me insultaste delante de toda la junta directiva y me arrojaste el agua de una jarra en la cabeza. Me humillaste.

–Me estabas ignorando.

–¿Cuándo?

–Aquella noche. Te llamé un montón de veces. Te dejé recados en el contestador...

–Mi hermana, de la que ni siquiera sabía que existía, había aparecido de pronto en mi vida –interrumpió Stefano–. Acababa de enterarme de que mi padre había estado vivo todos aquellos años que yo lo había creído muerto, y de que ya no iba a tener posibilidad de conocerlo porque había muerto hacía pocas semanas. Perdóname si estaba demasiado ocupado tratando de asimilar todo aquello como para responder a las llamadas.

–¿Estabas demasiado ocupado como para responder a las llamadas de tu esposa? ¿Demasiado ocupado como para responder al mensaje que te dejé y a los correos que te escribí?

–No vi los mensajes hasta las cuatro de la mañana, cuando ya era demasiado tarde como para devolverte la llamada. Pero te envié un mensaje diciéndote que te llamaría más tarde, algo que habría hecho si no hubieras interrumpido la reunión como lo hiciste. Entraste echa una furia en la sala de juntas, me acusaste delante de todos de estar engañándote con otra y me empapaste de arriba abajo con el agua de la jarra –el recuerdo de la humillación sufrida hizo que el genio de Stefano aflorara–. ¡Rompiste tu palabra! ¡Habías prometido confiar en mí, pero me mentiste!

Anna lo miró un largo momento. Abrió los labios como para decir algo, pero ningún sonido surgió de ellos. Pero un instante después el color regresó a sus mejillas a la vez que se ponía de rodillas para golpear el suelo con el puño.

–¡Miserable egoísta! Solo tratas de ocultar lo que has hecho. Yo he cometido errores y he hecho cosas de las que me avergüenzo, pero tú te has aprovechado de mi amnesia para poder llevar a cabo tu venganza. ¡Incluso me has dejado creer que aún trabajaba para ti! ¡Ahora entiendo por qué no querías que llamara a Melissa! ¡No era por mi bien, sino para proteger tus mentiras! ¡Llevas más de una semana mintiéndome!

–¡Me pusiste una demanda de cien millones de libras! –espetó Stefano–. Deberías haber supuesto que no iba a quedarme cruzado de brazos después de eso.

–Y lo supuse. ¿Por qué crees que te puse esa demanda?

–¿Querías hacerme reaccionar? –preguntó Stefano, incrédulo.

–Quería que me hablaras, y fui lo suficientemente tonta como para creer que poniéndote una demanda así te verías obligado a comunicarte conmigo. Me borraste de tu vida. Me despediste y bloqueaste mi número de teléfono. Tan solo recibí los papeles de la separación. Cambiaste el código de seguridad del apartamento para que no pudiera entrar. Fue casi como si nunca hubiera existido para ti. Y quise hacerte tanto daño como el que tú me estabas haciendo a mí. Sabía que la única manera de obtener tu atención sería golpeándote donde más te duele, en la cartera.

–Me dejaste plantado –le recordó Stefano con aspereza–. ¿Creías que iba a rogarte que volvieras?

–Volví al día siguiente y no pude entrar en el apartamento. Ni siquiera me diste veinticuatro horas antes de echarme.

Stefano se había sentido tan dolido en su orgullo que decidió golpear antes de que Anna pudiera hacerle más daño.

–¿Y por qué quisiste volver a ponerte en contacto conmigo?

–Porque te necesitaba y porque, a pesar de todo, no podía aceptar que todo hubiera acabado –Anna se pellizcó el caballete de la nariz con los dedos y luego alargó la mano hacia Stefano para que le alcanzara la botella. Él bebió un poco antes de dársela.

Anna bebió un largo trago.

–¿No crees que ya has tomado suficiente? –preguntó Stefano.

Anna negó firmemente con la cabeza.

–Ni mucho menos.

La angustia de su tono hizo que Stefano se asustara. Las manos le temblaban tanto que la botella se deslizó hasta su regazo y luego al suelo.

Contemplaron en silencio cómo se vaciaba el resto del whisky sobre la alfombra.

–¿Por qué has dicho que me necesitabas? –preguntó Stefano con suavidad.

Anna alzó el rostro para mirarlo. Su labio inferior

también temblaba. Tragó convulsivamente y cuando habló lo hizo en un tono apenas audible.

–Perdí a nuestro bebé.

–¿Qué...? –la pregunta murió en los labios de Stefano mientras sentía que la fría bruma que reinaba en su cabeza se congelaba.

La desolación del rostro de Anna era tal que Stefano supo con total certeza que no había confundido sus palabras.

La habitación pareció comenzar a dar vueltas a su alrededor a la vez que los latidos de su corazón producían un ruido ensordecedor en sus oídos. Alargó una mano hacia Anna, pero sus rodillas cedieron y tan solo tuvo tiempo de sujetarse al brazo de un sillón antes de que se le doblaran del todo.

Dio! ¿Qué había hecho?

Capítulo 11

ANNA cerró un puño y lo presionó contra su boca para no romper a gritar.

No sabía cómo había logrado contenerse aquella tarde, cuando todos los recuerdos habían regresado en avalancha a su mente. Tal vez había encontrado la fuerza necesaria para lograrlo en su empeño en no permitir que el mentiroso con el que se había casado viera su dolor.

El último recuerdo había llegado al mirar el menú en el hotel y ver que el primer plato era pato ahumado.

Estaba comiendo pato ahumado en París cuando confesó a Melissa que se le estaba retrasando el periodo.

Nunca había visto a Stefano sin saber que decir, nunca le había visto perder su arrogante seguridad. Ser testigo de su repentina palidez, de su expresión horrorizada, del tambaleo de su cuerpo, quebró el escudo protector al que se había estado aferrando y se dejó caer de costado sobre el suelo. Aferró instintivamente sus rodillas en posición fetal y lloró como no había vuelto a hacerlo desde los catorce años, cuando perdió a su padre.

El dolor era tan insoportable que sintió cómo laceraba su carne. En medio de sus sollozos notó que

Stefano se había movido hasta quedar sentado a su lado en el suelo.

Aquello solo sirvió para que sus sollozos arreciaran. La pérdida de su padre, la deserción de su madre, la traición de su hermana, la pérdida del hombre al que amaba y del bebé que tan desesperadamente había deseado...

Al sentir que su matrimonio se tambaleaba trató de no aferrarse a la opción de tener un hijo, consciente de que en su matrimonio no había la estabilidad necesaria para criar a un niño. Pero eso no impidió que siguiera deseando tenerlo, y cuando descubrió que estaba embarazada se sintió tan feliz que durante unas horas se permitió pensar que todo iría bien y que Stefano dejaría de apartarla de su lado y le permitiría entrar en su corazón.

Pero en aquellos momentos, una vez recuperados sus recuerdos, debía aceptar lo que había sido incapaz de aceptar el mes anterior al golpearse en la cabeza: que su relación había acabado y que sus sueños estaban muertos.

Pasó un largo rato antes de que las lágrimas dejaran de manar y su cuerpo dejara de temblar lo suficiente como para permitirle erguirse y pensar con un poco más de claridad.

Stefano, que seguía sentado a su lado y no había dicho una palabra, suspiró profundamente.

–¿Estabas embarazada? –preguntó en un tono de voz apenas reconocible.

Anna asintió lentamente.

–¿Recuerdas que el médico me recetó unas inyecciones contraceptivas distintas a las que estaba usando?

Stefano asintió.

–Olvidé que debían ponerse cada ocho semanas, y no cada doce, como las anteriores. Cuando le dije a Melissa en París que se me estaba retrasando la regla me llevó de inmediato a una farmacia a comprar una prueba del embarazo –Anna casi estuvo a punto de sonreír con aquel recuerdo. Era la última vez que recordaba haberse sentido feliz, y la última vez que Melissa y ella se habían sentido cómodas la una con la otra–. Yo no esperaba que la prueba fuera a ser positiva. Creía que aquella era la clase de cosa que una mujer sabía instintivamente.

–Pero estabas embarazada –dijo Stefano.

Anna volvió a asentir.

–Iba a esperar al día siguiente para decírtelo, pero me sentí tan feliz que no pude esperar. Además, me sentía un poco culpable por haber hecho la prueba sin ti.

Stefano se encogió débilmente de hombros.

–No importa. Sueles hacerlo todo con tu hermana. Estoy acostumbrada a ello.

–Tú piensas eso, pero Melissa no lo veía igual –susurró Anna–. «Solíamos» hacerlo todo juntas hasta que me case contigo. No me di cuenta de lo sola que llegó a sentirse sin mí. Cuando ya te había llamado y te había dejado el mensaje, me pidió que me sentara y me dijo que se iba a Australia.

Stefano silbó con suavidad.

–Llevaba meses planeándolo. Había estado organizando las cosas en secreto con mi madre y solo estaba esperando el momento adecuado para llevarlas adelante. Y escogió aquel momento para que la noticia no resultara tan impactante para mí.

–¿Y fue así?

–No. Tuvimos una pelea terrible. Nos dijimos cosas horribles. Me llamo «bruja egoísta» y tenía razón. Solo me estaba preocupando por mí misma y por mis sentimientos. La dejé y me fui al aeropuerto a tomar el primer avión que saliera para Londres. No dormí. Estaba obsesionada esperando que me devolvieras la llamada. Por un lado me sentía feliz, y también un poco asustada de cómo fueras a reaccionar, y desolada por lo que interpretaba como una traición de Melissa.

–¿Por qué te asustaba cómo fuera a reaccionar? –preguntó Stefano.

Anna se frotó unas solitarias lágrimas de las mejillas.

–Te estabas volviendo tan distante... Sabía que estabas enfadado por mis dudas sobre tu fidelidad. Yo te creí cuando me lo negaste, pero cuando me ascendiste y empezaste a viajar al extranjero sin mí... pensé que te estabas cansando de mí.

–Te ascendí porque eras la persona más adecuada para el trabajo –dijo Stefano–. Sabía que podía viajar dejando mi empresa en las mejores manos.

El ascenso de Anna había sido una decisión profesional. Stefano estaba convencido de que cualquier empresario que hubiera tenido la suerte de contar con ella en su plantilla habría hecho lo mismo. Y pasar algunos días separados les había hecho bien. Al menos a él.

Pero no se dio cuenta de que aquellas separaciones alimentaron las inseguridades de su esposa.

–Me volví paranoica –murmuró Anna–. No podía dormir pensando en todas las mujeres que habría dispuestas a arrojarse a tus pies, a sustituirme. Me aterrorizaba la posibilidad de que alguna de ellas llamara tu atención, y de enterarme de ello a través de la prensa. Sabía que me estabas diciendo la verdad, pero pensaba que solo era cuestión de tiempo que apareciera alguna otra mujer en tu vida.

–Cuando nos casamos prometí serte fiel, Anna.

–No. Prometiste que si conocías a alguna otra mujer con la que quisieras acostarte me lo dirías para que pudiera irme con mi dignidad intacta.

–Y mantuve esa promesa. Jamás te engañé. Nunca deseé a otra mujer. Nunca te di motivos para dudar de mí.

–Nuestro matrimonio estaba basado en dos cosas, Stefano. En el sexo y en el trabajo. Cuando empezaste a viajar fue como si ya no me necesitaras. Sabía que nunca llegarías a amarme, pero llegué a convencerme de que no importaba. Pensé que era mejor eso a estar con alguien que me hubiera hecho promesas de amor eterno para luego engañarme y romperme el corazón –Anna se encogió de hombros y dejó escapar una risa atragantada. Luego se cubrió la boca con la mano y cerró los ojos–. Oh, las mentiras que nos contamos a nosotros mismos. La verdad es que ya estaba enamorada de ti cuando nos casamos, pero no quería aceptarlo. Lo que en realidad quería de ti era que me dijeras que no necesitabas hacerme aquella promesa. Quería que me dijeras que para ti no habría nunca otra que no fuera yo.

Stefano permaneció en silencio, preguntándose cómo podía haber estado tan ciego, tan ocupado huyendo de sus propios sentimientos como para desestimar la importancia de los temores de Anna y creer que su palabra debería bastarle.

Pero en aquellos momentos estaba sintiendo. Estaba sintiendo más de lo que jamás había querido, sentimientos de los que se había pasado la vida huyendo.

–Y entonces encontraste a Christina en nuestro apartamento –dijo en un susurro.

Anna se rodeó las piernas con los brazos.

–Perdí la cabeza. Encontrarme con aquella bellísima mujer en nuestro apartamento, vestida con mi bata, fue mi peor pesadilla hecha realidad. Me volví loca. Quería hacerte daño. Me avergüenza tanto lo que te hice en la sala de juntas... No te culpo por haber cortado en seco conmigo como lo hiciste. Yo me lo había buscado.

Las palabras de Anna fueron como cuchillos clavados en el corazón de Stefano. ¿Cómo podía culparse a sí misma de aquella manera? Todo era culpa suya. Si no se hubiera sentido tan herido en su orgullo habría sido capaz de ver más allá, de pensar que a su esposa le sucedía algo.

Pero no había pensado en ella. Solo había pensado en sí mismo.

Finalmente fue capaz de hacer la pregunta cuya respuesta más temía escuchar.

–¿Qué pasó con el bebé?

–Lo perdí dos días después –contestó Anna. Incapaz de contenerse, enterró el rostro en sus rodillas y comenzó a sollozar de nuevo.

Sintiéndose como si acabaran de darle un puñetazo en el estómago, Stefano la estrechó entre sus brazos. Anna se aferró a su chaqueta y sus lágrimas le empaparon la camisa.

–Era lo único que hacía que me mantuviera en

pie. Sé que parecerá una estupidez, pero ya había imaginado mil veces cómo sería nuestro hijo, ya había planeado toda su vida en mi cabeza...

–A mí no me parece ninguna estupidez –interrumpió Stefano, que tuvo que hacer verdaderos esfuerzos para añadir–: ¿Y dónde estabas cuando... sucedió?

–En el hotel al que había ido para no tener que ver a Melissa después de nuestra pelea.

–¿Estabas sola?

Anna asintió.

–Sí. Pero como soy una egoísta, volví con mi hermana.

–No eres ninguna egoísta –negó Stefano con vehemencia. Anna había tenido que pasar por aquel terrible trauma a solas. Él era el único egoísta allí.

–¿No lo soy? Yo creo que sí, porque no soportaba la idea de que Melissa fuera a ver a nuestra madre.

–Lo que sucedía era que te asustaba perderla, como perdiste a tu padre y luego a tu madre siendo una adolescente. No es de extrañar que te cueste confiar en las personas.

Stefano pensó que si alguna vez hubiera permitido que Anna se abriera a él durante su matrimonio, en lugar de evitar cualquier clase de conversación íntima, habría comprendido cuánto le había afectado el abandono de su madre. Habría comprendido lo vulnerable que era y le habría devuelto aquella maldita llamada en lugar de decirse que ya estaría dormida y que no le importaría esperar.

Pero en realidad sí sabía que le importaría. En realidad era él quien estaba huyendo, asustado. Anna se había acercado demasiado a su corazón, a su alma, y él estaba buscando una excusa para apartarla de su lado antes de que ella lo rechazara como habían hecho hasta entonces todas las personas que había habido en su vida.

Estrechó a Anna entre sus brazos con fuerza.

–¿Y Melissa cuidó de ti?

–Melissa siempre cuida de mí –Anna ladeó la cabeza para mirarlo–. Siempre ha sido mi salvavidas, y tienes razón en cuanto a que me asustaba perderla. Tratamos de seguir adelante lo mejor que pudimos, pero fue duro, porque ya nos habíamos dicho cosas que no podían borrarse. Cuando se fue a Australia lo hizo sin mi apoyo. Incluso me dejó una nota disculpándose, cuando era yo la que tendría que haberle rogado que me perdonara.

–Anna...

–No, por favor, no me busques excusas. Ya no tengo catorce años. Siempre he sabido cuánto echaba de menos Melissa a mamá, pero siempre lo he ignorado egoístamente.

–Puede que lo ignoraras porque temías enfrentarte a cuánto la echabas de menos tú.

–No digas eso –protestó Anna.

–Debiste de echarla de menos. Yo siempre he echado de menos a mi madre y ni siquiera llegué a conocerla. Y también a mi padre.

–¿Y lamentas haber cortado con el resto de tu familia?

–En absoluto. Jamás volveré a contar con ellos en mi vida, pero tu situación es diferente a la mía. Yo nunca los amé, y ellos a mí tampoco.

Desde la muerte de su abuelo, Anna había sido la única persona que lo había querido. Muchas mujeres habían asegurado amarlo, pero al final sus palabras solo habían sido un atajo de mentiras. Anna era...

Anna era la única.

–¿Sigues pensando que debería ver a mi madre?

–Lo que sé es que nunca te quedarás tranquila hasta que lo hagas. Habla con ella. Escucha su versión. Admite que la necesitas en tu vida y trata de crear una nueva relación con ella.

Anna permaneció en silencio.

–Puedo acompañarte –añadió Stefano.

–¿Adónde?

–A ver a tu madre. Puedo acompañarte como apoyo.

La risa de Anna pareció genuina, pero, cuando se apartó de Stefano, este vio que volvía a llorar.

–Necesité tu apoyo hace cinco semanas...

–Deja que te lo preste ahora. No estuve a tu lado...

–No, no lo estuviste. Pero no te culpo por ello. Supongo que para ti ya supuso bastante conmoción averiguar que tenías una hermana y que tu padre había muerto.

–Nunca debí apartarte de mi lado.

–No, pero yo ya sabía la clase de hombre que eras cuando me casé contigo. Sabía que no perdonabas. Un golpe y la persona que fuera quedaba automáticamente al margen de tu vida. Yo te golpeé humillándote, y lo acepto...

–No, no lo aceptes. Fui un estúpido por comportarme de ese modo. Si hubiera sabido por lo que estabas pasando no habría reaccionado así.

Anna suspiró profundamente y se puso en pie.

–Pero eso ahora ya da igual, ¿no te das cuenta? Nuestro matrimonio ha terminado. Ha llegado el momento de que aprenda a desenvolverme por mí misma.

–No tiene por qué haber terminado. Podemos empezar de nuevo.

Anna se cruzó de brazos.

–Podríamos perdonarnos mutuamente todo lo sucedido y tratar de empezar de nuevo, pero nunca podré perdonarte lo que hiciste para vengarte –se encogió de hombros, pero la palidez de su rostro negó su aparente despreocupación–. Eso fue despreciable, y te odio por ello.

Stefano se puso en pie y sintió las piernas sorprendentemente débiles.

–Dijiste que me amabas...

–Y te amaba. Con todo mi corazón. Mientras estaba amnésica pensaba que evitabas decirme que me amabas para no presionarme, pero lo cierto es que nunca me has amado, ¿verdad?

Stefano sentía el corazón tan encogido que fue incapaz de articular palabra.

–Mataste mi amor y toda mi confianza –espetó Anna–. Si alguna vez vuelvo a casarme será con alguien que quiera algo más que mi cuerpo y mi cerebro para los negocios. Será con alguien capaz de amarme y confiar en mí con todo su corazón. Tengo que mantener esa esperanza.

A continuación, giró sobre sus talones, tomó su bolso y se encaminó hacia la salida.

–¿Adónde vas? –preguntó Stefano, agobiado. Las cosas estaban yendo demasiado deprisa. Anna no se podía ir así como así–. Hace un tiempo horrible.

La lluvia golpeaba con tal fuerza los cristales que casi parecía granizo.

–Voy a buscar un hotel y por la mañana volveré a casa. A mi casa. Mi casa y la de Melissa –replicó

Anna sin volverse–. Y lo único que sé con certeza es que después tengo que aprender a dejar de depender de otros. Si Melissa decide quedarse en Australia, contará con mi apoyo –se volvió y sonrió con tristeza–. Puede que yo también me vaya. No lo sé.

No quedaba nada más por decir. Stefano lo vio en sus ojos. Anna iba a irse y en esa ocasión iba a ser una marcha definitiva.

No dijo adiós.

Cerró la puerta con suavidad, aunque el suave «clic» sonó como un disparo a oídos de Stefano, que permaneció de pie donde estaba un buen rato, demasiado aturdido como para reaccionar. Una parte de él esperaba que la puerta se abriera y Anna volviera a entrar para decirle que había cambiado de opinión.

Pero la puerta no se abrió.

Una semana después Stefano entraba en el vestíbulo del edificio en el que estaba su apartamento. El recepcionista la saludó amablemente, pero con la misma cautela que Stefano estaba notando por parte de todos sus empleados en el trabajo. Estaba acostumbrado a atemorizar a la gente, pero aquello era distinto. Ahora las personas lo trataban como si fuera un perro peligroso al que no quisieran provocar por nada del mundo.

Anna lo había tratado así antes de desmayarse a sus pies debido a su conmoción cerebral.

Parpadeó para alejar aquella imagen de su mente.

Le daba igual cómo se estuvieran comportando sus empleados. Prefería que mantuvieran las distancias. No necesitaba su palabrería. Si alguien quería hablar con él, que fuera al grano.

A pesar de todo, cuando el recepcionista le entregó el correo, recordó que Anna lo había puesto en su sitio el día que lo conoció por no tener modales.

Haciendo un esfuerzo, miró al recepcionista a los ojos y le dio las gracias. Tras desearle que pasara un buen día, fue hasta el ascensor.

Una vez en su apartamento, dejó su maletín, se sirvió un whisky y se sentó a revisar su correo.

Tras comprobar que todo era lo mismo de siempre, tomó un largo trago de whisky y se dispuso a abrir la última carta, un grueso y pequeño paquete procedente de San Francisco. Debía de tratarse del regalo que el conserje de su apartamento le había mencionado en un correo. Había llegado poco después de su regreso a Londres y Stefano le había pedido que se lo reenviara.

Y ahora estaba allí.

Dentro del paquete había una pequeña cajita envuelta en papel de regalo.

Se quedó mirándola mientras recordaba la insistencia de Anna para que le dejara salir de compras sola la tarde anterior a la ceremonia de entrega de premios. Le pareció extraño que regresara sin ningún paquete.

Suspiró profundamente.

No podía creer cuánto la echaba de menos. Aquella sensación nunca había sido tan intensa. O más bien sí, aunque había tratado de ocultárselo a sí mismo enmascarándolo como rabia.

Anna había sacado conclusiones falsas sobre Christina, ¿pero acaso no había llegado él a la conclusión de que era una caza fortunas? ¿Acaso no se había empeñado en pensar lo peor de ella, como lo había hecho ella sobre él?

Se irguió en el asiento sintiendo que su cerebro estaba corriendo casi tan enloquecedoramente como su corazón.

Y de pronto comprendió la verdad.

En algún momento que no podía precisar se había enamorado de Anna. El hombre que se había pasado la vida evitando relaciones serias por temor a ser rechazado se había enamorado perdidamente.

Porque lo cierto era que había estado aterrorizado. Debido a su aparente desdén por todas las personas que eran incapaces de dejar atrás su infancia, él había hecho lo contrario y había enterrado la suya creyendo que así podía olvidarla.

Inclinó la cabeza y clavó los dedos en su nuca mientras trataba de respirar con normalidad.

¿Cómo podía haber estado tan ciego? ¿Cómo podía haber sido tan estúpido?

Lo había fastidiado todo.

Amaba a su esposa, pero la broma que le había jugado el destino consistía en que ella había dejado de amarlo.

Respiró profundamente de nuevo y miró la cajita aún envuelta. Sintiéndose como si estuviera abriendo algo que pudiera morderle, la desenvolvió y la abrió.

Dentro había dos anillos de boda.

Capítulo 12

ANNA aceptó con una sonrisa la botella que le ofreció Melissa.

La arena de la playa estaba deliciosamente templada y, con el sol calentando su espalda, casi podía sentir la paz que tanto anhelaba encontrar.

Pero tal y como iban las cosas nunca iba a encontrar aquella paz. Al menos no en sí misma.

–¿Qué quieres que hagamos luego? –preguntó perezosamente Melissa al cabo de un rato.

–No había pensado en nada. ¿Y tú?

–¿Qué te parece si tomamos prestado el Jeep de Mick y damos un paseo por las afueras?

–De acuerdo, pero tendrás que conducir tú. Hace siglos que no me pongo tras un volante.

–Más motivo para que practiques un poco. De lo contrario, no volverás a conducir.

Anna rio, pero el sonido de su risa resultó apagado en comparación con el que siempre solía reír.

–¿Invitamos a mamá a venir? –preguntó Melissa con cautela.

–Si quieres.

Anna no había volado a Australia para hacer las paces con su madre, sino para hacer las paces con su hermana. Pero también había acudido dispuesta a sentarse a hablar con su madre, como le había aconsejado Stefano.

Pero su madre no lo había visto así. Cuando Anna llegó se encontró la planta baja de la casa llena de globos y carteles dándole la bienvenida. Además de la familia de Mick, todos los vecinos habían sido invitados a la fiesta. Melissa también estaba allí, y le rogó con la mirada que se dejara llevar, que no montara una escena.

Pero lo último que quería Anna era montar una escena.

Miró a su madre, flanqueada por su marido y los hijos de este, y percibió la desesperada animación de su mirada, y también el miedo que había en esta.

Había pasado demasiado tiempo como para que Anna estuviera dispuesta a arrojarse en brazos de su madre como si nada hubiera pasado, pero al menos le devolvió el abrazo que ella le ofreció.

Luego se miraron hasta que, con lágrimas en los ojos y el corazón en la garganta, Anna acabó realmente en brazos de su madre.

Habían transcurrido dos semanas desde entonces, a lo largo de las cuales habían pasado mucho tiempo hablando y llorando.

Su madre se había disculpado una y otra vez por haberla dejado atrás y por las crueles palabras que pronunció en la última ocasión en la que se vieron. No trató de excusarse. Sabía que había sido terriblemente egoísta y que había abandonado a sus hijas por un hombre. El profundo sentido de culpabilidad que había arrastrado desde entonces había sido su castigo.

Su relación aún resultaba incómoda en ocasiones,

pero poco a poco estaban forjando las bases para mejorarla. Tal vez nunca volverían a recuperar su vieja relación de madre hija, pero Anna confiaba en que cuando regresara a Londres lo haría sabiendo que podía contar con su madre. Stefano había estado en lo cierto al asegurar que la echaba de menos aunque no lo supiera. Anna necesitaba una madre en su vida, y no había sabido cuánto hasta que se había reencontrado con ella de nuevo y había tenido el valor necesario para dejar atrás su rabia y perdonarla.

Solo deseaba que el dolor de su corazón amainara. Ni siquiera el hecho de haber hecho las paces con su hermana y el perdón que había encontrado para su madre habían logrado aliviarlo. Cada vez que pensaba en Stefano su corazón se encogía y cuando cerraba los ojos lo único que lograba ver era la desesperación que vio en su rostro cuando lo dejó.

Nunca había visto una expresión parecida en el rostro de su fuerte y poderoso marido. Había visto en él pasión, enfado, pero nunca aquella imagen de derrota.

Experimentó una nueva punzada al imaginarlo ahora, enfrentándose a todo lo que le había deparado la vida en los últimos tiempos. Había descubierto que su padre había estado vivo mientras él lo había creído muerto, un padre que al parecer lo había querido, no como el resto de su familia. También se había encontrado con una hermana cuya existencia desconocía, y estaba estableciendo con ella su primera relación familiar real desde que tenía siete años.

Y además se había enterado de que Anna y él habían concebido a un hijo juntos, un hijo cuya vida se había extinguido antes de poder celebrar su nacimiento.

Y también cargaba con la culpa del modo en que la había tratado.

Antes de que se fuera le había preguntado si podían empezar de nuevo, pero ella lo había ignorado.

Stefano no había querido que se fuera.

Anna agitó la cabeza para tratar de despejarse. No iba a tardar en tener que verlo en persona y necesitaba ser fuerte, no permitir que las dudas se adueñaran de ella.

Stefano había tenido dudas. Había tratado de poner freno a su venganza.

Le había preguntado si podían empezar de nuevo.

Descubrir la verdad aquella noche en San Francisco había sido lo más terrible que había tenido que vivir en su vida. Averiguar que Stefano la había seducido y le había hecho enamorarse de él en venganza había estado a punto de destruirla.

Pero el tiempo que había pasado desde entonces le había dado cierta perspectiva.

Stefano le había dicho que quería empezar de nuevo y ella lo había rechazado sin escuchar realmente lo que estaba diciendo. Le había dicho que quería empezar de nuevo después de que ella le hubiera confesado que lo amaba. Y eso lo había hecho un hombre que jamás perdonaba y que no amaba.

La voz de Melissa interrumpió los pensamientos de Anna.

–¿Te encuentras bien, cariño?

Anna parpadeó repetidas veces antes de contestar.

–Creo que no.

Melissa se irguió de inmediato en la tumbona y la miró con expresión alarmada.

–¿Qué sucede? ¿No te encuentras bien? ¿Vuelve a dolerte la cabeza?

–No, no es nada de eso, Mel. Creo que...

–¿Qué?

–Creo que necesito volver.

Melissa se puso en pie de inmediato.

–Voy contigo.

En menos de un minuto habían recogido todo y se fueron de la playa. Melissa tuvo que esforzarse por seguir a su hermana, que casi iba corriendo.

–Frena un poco, hermanita–rogó–. La casa no se va a mover de donde está.

Anna se volvió para mirarla con una sonrisa.

–No vuelvo a casa. Voy al aeropuerto.

–¿Qué?

–Vuelvo a Londres.

–Pero no puedes...

–Mírame.

–No, tonta. Me refiero a que no puedes ir al aeropuerto porque tienes el pasaporte en casa de mamá.

–Oh, es verdad –dijo Anna, pero aquello no hizo que redujera la marcha mientras calculaba mentalmente la hora en la que podría estar en el aeropuerto. Tenía reservado el billete para la semana siguiente, pero estaba segura de que encontraría algún vuelo para Londres aquella misma tarde. Necesitaba estar en aquel vuelo.

–¿Para qué quieres volver a Londres?

–Necesito ver a Stefano.

–Anna, no...

–Sí.

–Ibas a esperar. Deja que pase un poco más de tiempo antes de decírselo.

–No tiene nada que ver con eso.

Melissa tomó a Anna por el brazo y la obligó a detenerse.

–¿Quieres escucharme, por favor? Sea lo que sea lo que estás pensando, no lo hagas.

–Mel... amo a Stefano. Total. Absolutamente. Irreversiblemente.

–Pero ese hombre trató de destruirte...

–No –interrumpió Anna con vehemencia. Creo que nos destruimos mutuamente. Y puede que podamos arreglarlo entre los dos.

Melissa ya iba jadeando cuando Anna cruzó el umbral de la puerta, con los niveles de adrenalina demasiado altos como para necesitar pararse a respirar.

Estaba a punto de entrar en su cuarto para llamar al aeropuerto cuando oyó la voz de su madre.

–¿Eres tú, Anna?

–Sí. Disculpa, mamá. Dame un minuto.

Su madre apareció en la puerta de la cocina. Parecía un tanto ruborizada.

–Han venido a verte.

–¿A mí? –preguntó Anna, sorprendida. Allí no conocía a nadie excepto a los amigos de su madre y a su familia.

Entró en la cocina, volvió la cabeza y se quedó petrificada en el sitio.

Al cabo de unos segundos cerró los ojos y volvió a abrirlos lentamente.

Stefano estaba sentado a la mesa de la cocina. George, el perro labrador de su madre, tenía la cabeza en su regazo.

–¿Qué haces aquí? –logró decir a la vez que apoyaba una mano en su pecho para impedir que el corazón se le escapara.

–He venido a verte –dijo Stefano mientras se ponía en pie.

Anna se acercó y bebió con la mirada el rostro que no había visto en lo que de pronto le parecieron siglos.

Las meras dos semanas que habían transcurrido habían dejado su marca en él. Estaba más pálido, y necesitaba un corte de pelo. También parecía no haber dormido lo suficiente, y llevaba los pantalones y la camisa arrugados.

Como si hubiera leído su mente, Stefano esbozó una sonrisa.

–Ha sido un largo vuelo.

Anna no podía pensar con claridad. La alegría que estaba floreciendo en su interior se veía frenada por la cautela.

Stefano había cruzado el mundo para verla justo cuando ella pensaba hacer lo mismo para averiguar si aún tenían una oportunidad de futuro juntos.

¿Pero y si estaba allí por otro motivo? ¿Y si solo quería discutir las condiciones de su divorcio? Hasta que no averiguara el motivo por el que Stefano había viajado hasta allí para verla no podía dejarse llevar por el entusiasmo.

–¿Hay algún lugar privado en el que podamos hablar? –preguntó Stefano.

Melissa y su madre desaparecieron al instante de la cocina, pero Anna no se fiaba de que no fueran a escuchar desde detrás de la puerta.

–¿Vamos al jardín? –sugirió.

Stefano asintió y Anna lo precedió al jardín.

George se escapó con ellos antes de que le diera tiempo a cerrar la puerta. Se sentaron en un amplio balancín con toldo que se hallaba frente a la piscina y George se tumbó a los pies de Stefano, que se inclinó para acariciarle la cabeza.

–Parece que acabas de hacer un amigo –comentó Anna con suavidad.

–Me gustan los perros.

–Deberías comprarte uno.

–Un día de estos. ¿Es de tu madre?

–Sí.

–¿Qué tal van las cosas con ella?

–Mejor de lo que pensaba.

–¿La has perdonado?

–Casi. Es difícil dejar atrás el pasado, pero tengo que hacerlo. Si he aprendido algo en los últimos meses es que aferrarse a la rabia puede destruirle tanto a uno mismo como al otro. Mamá cometió errores graves, pero yo también, y sé que está sinceramente arrepentida. Yo también. Ahora quiero recuperarla en mi vida.

El silencio que siguió a las palabras de Anna se volvió tan insoportablemente tenso que no pudo aguantarlo más.

–¿Por qué has venido?

–Porque me estoy desmoronando sin ti –Stefano se encogió de hombros y volvió la mirada hacia ella–. Quiero que te plantees la posibilidad de volver. No conmigo, porque sé que no es eso lo que quieres, pero sí a trabajar de nuevo en Moretti. La plantilla está a punto de amotinarse porque sin ti en el despacho he perdido la conciencia. Podrías tener tu propio despacho y no tendrías por qué verme. Pon tus condiciones y decide tu sueldo.

Anna frunció el ceño.

–¿Quieres que vuelva a «trabajar»?

–Sé que es pedirte demasiado.

–No te equivocas.

–Escúchame, Anna, por favor. No es solo la empresa lo que se está desmoronando, sino yo mismo. Sé que no querrás regresar como mi esposa, pero te echo de menos en mi vida. Tú me mantienes cuerdo. Me ayudas a ver las cosas con claridad. Te necesito. Puedes volver en las condiciones que quieras. Me basta con tenerte cerca –Stefano suspiró y se pasó una mano por el pelo–. Sé que lo nuestro ha terminado. La forma en que utilicé contra ti tu amnesia fue imperdonable. Estaba furioso, y llegué a la conclusión de que lo único que habías buscado desde el principio era mi dinero porque no quería enfrentarme a la verdad: que tú estabas enamorada de mí y yo de ti.

Al ver que Anna lo miraba con expresión de perplejidad Stefano hizo una mueca.

–Sé que ya es tarde para que escuches eso, pero deja que me explique. Soy consciente de que no voy a obtener tu perdón, pero al menos querría obtener tu comprensión. Lo que intuiste sobre tu ascenso era cierto. Te ascendí para poder librarme de ti, pero no lo hice porque me hubiera aburrido de ti. A ti te asustó la posibilidad de que estuviera planeando dejarte, pero yo ya estaba asustado ante la perspectiva de que fueras a dejarme. Desde que murió mi abuelo, nunca me ha querido nadie por mí mismo. Cuando era un adolescente mis jefes me explotaban y me pagaban mal y las mujeres solo me veían como un joven atractivo con el que acostarse. Después, cuando empecé a ganar dinero, la gente solo me quería por mi fama y por mi dinero. Tú fuiste la primera persona capaz de ver más allá de mis caros trajes. ¿Pero cómo iba a gustarte el hombre al que todo el mundo había rechazado siempre? Te aparté deliberadamente de mi lado porque fui demasiado cobarde como para reconocer que te amaba.

Tras haber desnudado su alma ante Anna, Stefano respiró profundamente y la tomó de las manos. Un destello de esperanza se agitó en su interior al ver que no lo rechazaba, que seguía mirándolo con ojos brillantes.

–No puedo estar sin ti –continuó, anhelando que lo creyera–. Ni siquiera puedo respirar normalmente. Los días sin ti son una eternidad estéril. Vuelve, por favor. Si no puedes ofrecerme más, me conformo con que vuelvas a ocupar tu puesto en Moretti.

Cuando Anna retiró sus manos de las de Stefano, el corazón de este se encogió dolorosamente. Pero cuando la apoyó en su mejilla y se inclinó hacia él, su corazón se atrevió a alimentar una pequeña llama de esperanza.

–¿Después de todo lo que has dicho solo piensas ofrecerme un puesto de trabajo?

Stefano apoyó una mano sobre la que Anna tenía en su mejilla.

–Tienes mi corazón, Anna. Aceptaré lo que sea que estés dispuesta a ofrecerme.

–¿Pero qué es lo que quieres?

–Quiero que me pidas que te haga de nuevo la promesa que ya te hice para poder decirte que no necesito hacerla porque para mí ya no habrá nunca nadie más que tú.

Anna acercó lentamente su rostro al de Stefano y cerró los ojos antes de besarlo con suavidad.

Stefano apenas se atrevió a respirar. Había volado hasta allí consciente de que debía desnudar su alma ante Anna. Había asumido que lo suyo había acabado, pero no soportaba la idea de que Anna desapareciera de su vida para siempre.

–No quiero volver a Londres siendo tu empleada –susurró Anna contra sus labios–. Quiero regresar como tu esposa.

Aquello era más de lo que Stefano se había atrevido a esperar. Mucho más.

–¿De verdad?

Anna frotó su nariz contra la de él y asintió.

–Te quiero.

Stefano sintió que un nudo atenazaba su garganta.

–¿Y podrás perdonarme?

–Ambos cometimos errores. Si no hacemos borrón y cuenta nueva para darnos otra oportunidad, ambos sufriremos –Anna sonrió, aunque su barbilla tembló–. Para mí ha sido una auténtica agonía estar sin ti. Ya había decidido volver a Londres para ver si teníamos una oportunidad.

–¿En serio?

Anna asintió.

–Por eso he vuelto antes de la playa. De pronto lo he comprendido todo. Pensaba que mi amor por ti había muerto, pero eran el dolor y el orgullo los que hablaban, no mi corazón.

–Juro que jamás volveré a hacer nada que pueda causarte dolor.

–Los dos somos testarudos y ardientes. Es probable que nos pasemos el resto de la vida discutiendo.

–Mientras también nos pasemos el resto de la vida haciendo las paces, podré sobrellevarlo –dijo Stefano y, para demostrarlo, pasó una mano tras la nuca de Anna y la atrajo hacia sí para volver a besarla.

Anna lo era todo para él, su amante, su confidente, su compañera *sparring*. Le resultaría más fácil vivir sin un miembro que sin ella.

–¿Qué te parece la idea de ser padre? –preguntó Anna entre beso y beso.

Stefano apoyó una mano bajo su barbilla.

–Podemos intentarlo cuando llegue el momento adecuado. Quiero que tengamos todo un equipo de fútbol de *bambinos* y un par de perros para que jueguen, aunque no antes de que estés lista para ello.

De pronto, Anna esbozó una radiante sonrisa que casi pareció iluminar su rostro.

Stefano se quedó mirándola un momento con expresión perpleja.

–¿Anna? No estarás...

–Lo estoy –Anna se acurrucó contra él y apoyó la cabeza contra su pecho–. Me hice la prueba la semana pasada. Ninguno de los dos lo sabíamos, pero no estaba protegida contra un posible embarazo cuando estuvimos en Santa Cruz. No me puse la siguiente inyección después de perder al bebé... Siento no habértelo dicho antes. Estaba tratando de hacerme a la idea, y sabía que era algo que quería decirte en persona. Pensaba decírtelo en cuanto regresara a Londres, lo juro.

Stefano le pasó una mano por el pelo con ternura.

–No te disculpes. Sé que me lo habrías dicho. ¿Cómo te sientes?

–Un poco mareada a veces, pero nada de lo que quejarme. ¿Y tú?

–Me siento como si acabaras de darme todos mis regalos de cumpleaños y de Navidad a la vez.

Y hablando de regalos...

Stefano se apartó un poco para sacar de su bolsillo la cajita que llevaba consigo a todas partes desde que Anna se había ido.

Anna abrió los ojos de par en par al reconocerla.

–Iba a dártela...

–En nuestro aniversario de bodas –concluyó Stefano por ella mientras abría la cajita.

Anna alargó su mano izquierda hacia él y Stefano introdujo uno de los anillos en su dedo anular antes de besársela.

–Te quiero.

–Y yo te quiero a ti –Anna tomó el otro anillo para ponérselo a él.

Stefano necesitó un buen rato para asimilar la magnitud de lo sucedido. Su última jugada le había supuesto una recompensa con la que jamás se había atrevido a soñar.

Había recuperado a su esposa y en aquella ocasión pensaba amarla y cuidarla hasta su último aliento.

Epílogo

ANNA estaba sentada en el borde de la bañera contemplando a Stefano, que estaba apoyado contra la pared mirando su reloj mientras sostenía en la otra mano una larga tira blanca.

La puerta del baño se abrió y entro Cecily, su hija de tres años, seguida en rápida sucesión por su hermano de cuatro y por su perro Alfie.

Cecily rodeó las piernas de Anna con sus bracitos.

–Mario me ha pegado –sollozó.

–¡Ella me ha tirado el helado al suelo! –se defendió Mario, indignado–. Y no he pegado.

–Tenéis que portaros bien –dijo Stefano con el ceño fruncido, aunque sus ojos sonreían–. Y nada de pegar.

–¡Pero...!

–Si no podéis estar juntos sin pegaros no podemos ir a la playa –interrumpió Anna.

Mario empezaba en el colegio en septiembre, en Londres, y habían decidido pasar las vacaciones de verano en su casa de Santa Cruz.

–¡Eso no es justo! –exclamaron a la vez los hermanos.

Aún discutiendo, salieron corriendo hacia el cuarto de juegos, dejando a su paso un rastro de caos y destrucción.

–¿Estás segura de que quieres otro? –preguntó Stefano, riendo.

Anna sonrió. Después de haber tenido dos hijos en tres años, habían decidido tomarse un respiro para disfrutar de ellos antes de tener otro.

Pero Anna había dejado de tomar la pastilla hacía un mes.

–Creo que podremos arreglárnoslas.

–Es un alivio saberlo porque, según esto, vamos a tener otro –Stefano pasó a Anna el resultado de la prueba con una sonrisa de oreja a oreja.

Anna miró la tira y también sonrió de oreja a oreja.

Con un grito de triunfo, Stefano la tomó en brazos y roció su rostro de besos.

Anna le devolvió los besos a la vez que lo rodeaba con las piernas por las caderas y con los brazos por el cuello. Incluso con dos hijos y otro en camino, su mutuo deseo y su amor no habían amainado.

–¡Papá! ¿Qué le estás haciendo a mamá?

Cecily los contemplaba desde el umbral de la puerta cruzada de brazos y con la misma expresión que solía tener Stefano cuando algo le divertía.

–¡Déjala en el suelo ahora mismo!

Stefano obedeció, dio un último beso a su esposa y a continuación tomó a su hija en brazos y se la llevó al cuarto de juegos entre gritos y risas.